FRANKFURT KRIMI FÜR KINDER

Wolfgang Bohnhardt, Jahrgang 1959, lebt seit seiner Geburt in Frankfurt am Main, ist verheiratet, Vater zweier Söhne, hat bisher als Sportlehrer, Trainer, Studiosprecher, Sänger, Arrangeur, Kurzkrimiautor, Taxifahrer und Hausmann gearbeitet und verdient sein Geld momentan in Schlips und Kragen bei einer großen deutschen Bank.

Wolfgang Bohnhardt

Das Geheimnis der Ruine

Emons

Umschlaggestaltung: Atelier Schaller, Köln
Umschlagzeichnung: Heribert Stragholz
Druck und Bindung: Clausen & Bosse GmbH, Leck
Printed in Germany 2002
ISBN 3-89705-260-1

www.emons-verlag.de

Inhaltsverzeichnis

Der Briefkasten

Ich ahnte gleich, dass mit diesen drei Männern in der Plieningerstraße etwas nicht stimmte. Die Straßen waren wie leer gefegt, es war eiskalt, dunkel, und im Fernsehen lief eine beliebte Quizsendung. Dass sie trotzdem hier entlangmarschierten, gut, das allein machte sie noch nicht verdächtig, schließlich war auch ich noch unterwegs. Aber als sie näher kamen, war ich mir sicher, dass sie keine gewöhnlichen Passanten waren.

Stumm und zügig schritten sie nebeneinander her. Was trieb sie an diesem unwirtlichen Abend hinaus? Eine Verpflichtung? Waren sie unterwegs zu ihrer Stammkneipe?

Allmählich wurden die Gesichter der drei Männer erkennbar, und ihre Laune schien nicht die beste. Die zwei Kerle außen sahen finster drein wie Geldeintreiber. Der linke war ein Riese mit vorspringendem Kinn und Boxerschultern und hatte überhaupt die Visage, die ich mir immer als Pflichtgesicht jedes Gewaltverbrechers vorgestellt hatte. Der rechte war klein und schmal, doch sein federnder Gang war der eines durchtrainierten Athleten. Er besaß nur noch wenige silbriggraue Haare, stoppelkurz geschnitten; er hatte den Kragen seines Regenmantels hochgeschlagen und die Hände tief in die Taschen gestemmt. Nase, Stirn und Kinn waren zwar ebenmäßiger als die seines Kumpels, trotzdem wurde mir bei seinem Anblick noch mulmiger als bei dem großen Kerl. Vielleicht lag das an den harten Gesichtszügen oder den kalten Augen. Oder an der Bösartigkeit um die Mundwinkel, die selbst im schwachen Laternenschein hervortrat.

Einen Schauer über den Rücken aber trieb mir der Blick des dritten Mannes. Nicht etwa, weil er noch furchterregender war als die beiden anderen. Nein, es war ein dicker Mann mit Kinnbart und Baskenmütze, den jeder Kindergarten sofort als Weihnachtsmann engagiert hätte, wenn da nicht dieser Blick voller Todesangst gewesen wäre.

Im letzten Winter, als ich die drei seltsamen Männer beobachtete und was sie anschließend mit dem Briefkasten anstellten, da wusste ich noch nicht, dass diese Männer mit dem Fall zu tun hatten, an dem mein Vater zu jener Zeit arbeitete, dem Fall Perjau.

Mein Vater ist Kriminalhauptkommissar im Diebstahl- und Betrugsdezernat. Und ich bin ein ganz normaler Junge: Mirko Muckelstein, genannt Muckel. Ich bin jetzt vierzehn Jahre alt, habe dickes, dunkelblondes Haar, das mein Vater Draht nennt, braune Augen, bin eher dünn als dick und komme in der Schule meistens ganz gut mit, wenn wir Französisch mal außen vor lassen. Also alles ganz gewöhnlich. Aber was ich letzten Winter mit diesen drei Männern erlebt habe, war alles andere als gewöhnlich.

Früher dachte ich immer, mein Vater habe den aufregendsten Beruf der Welt. Aber als mir mein Vater mehr von seinem Berufsalltag erzählte, kam mir der schauderhafte Verdacht, er wälze nur Unmassen von Papier wie jeder andere Schreibtischhocker auch. Gut, er hatte mit leibhaftigen Verbrechern zu tun. Aber sahen die aus, wie es sich gehört? Unrasiert, Zigarrenstumpen im Mundwinkel, bewaffnet bis an die Zähne und serienweise fluchend? Mitnichten. Mein Vater sagte, seine »Kunden« – so nannte er Diebe und Betrüger – könne man äußerlich von Leuten wie dem Postboten Müller nicht unterscheiden.

Eine Zeit lang lauerte ich daraufhin Herrn Müller auf und versuchte, ihm Betrug nachzuweisen oder wenigstens die Unterschlagung einer Postkarte. Aber nicht einmal den Mahnbrief meiner Französischlehrerin hat er veruntreut. Dabei hätte ich in diesem Fall vielleicht von einer Anzeige abgesehen.

Eines Tages hat mein Vater sogar gestanden, seine Dienstpistole nur bei den vorgeschriebenen Schießübungen anzufassen. Das hatte mir den Rest gegeben, denn mein Vater sieht auch nicht gerade aus wie ein Actionheld. Er hat am Hinterkopf ein paar Haare zu wenig, dafür um die Taille etwas Speck zu viel. Und welchem schweren Jungen sollten seine freundlichen Augen schon Angst einflößen? Klammheimlich war ich dazu übergegangen, bloß »Beamter« zu antworten, wenn man mich nach dem Beruf meines Vaters fragte.

Aber vielleicht sollte ich der Reihe nach erzählen.

Ich wohne mit meinem Vater im Frankfurter Dichterviertel, was nicht heißt, dass hier Dichter wohnen, sondern dass die Straßen ihre Namen tragen. Über sie wacht der Fernmeldeturm, und Polizisten mit Maschinenpistolen wachen über seine klotzige Nachbarin, die Bundesbank, deren Hauptgebäude wie ein riesiger, auf der Seite liegender Dominostein aussieht. Auf dem Fußballplatz gegenüber soll ein deutscher Außenminister gebolzt haben, als er noch keiner war, und beide, Minister und Bundesbank, sieht man oft im Fernsehen. Noch öfter sieht man aber die Wolkenkratzer der Innenstadt. Die gehören auch Banken, und darum heißt Frankfurt die »Stadt der Banken«, und alle denken, hier gebe es nichts als Hochhäuser voller Geldsäcke.

Bei uns im Dichterviertel aber steht wenig, was mehr als drei Stockwerke hat, dafür in Ehren ergraute Villen und schmale Reihenhäuschen mit alten Bäumen in den Gärten.

Die Geschichte mit Perjaus Bildern begann für mich in den Weihnachtsferien. Alle meine Freunde waren nach den Feiertagen verreist – zum Wintersport, zu den Omas, Opas oder Tanten. Auch mein Freund Roman Thaler aus dem Nachbarhaus war mit seinen Eltern zum Skifahren. Zwar haben sie es nicht lange ausgehalten – aber dazu später.

Wir konnten nicht wegfahren, weil mein Vater Urlaubssperre hatte. »Alle bleiben da«, hatte sein Chef befohlen, »bis der Fall Perjau gelöst ist!«

Am ersten Sonntag nach den Feiertagen standen mir Computerspiele und Comics bis sonst wohin. Ich schnappte mein Rad und fuhr zur Ruine.

Die Ruine war gar keine richtige, sondern eine ehemalige amerikanische Hochschule auf einem weitläufigen Gelände gleich neben dem Grüneburgpark. In dieser Hochschule war allerdings kein Student mehr zu finden.

Die amerikanischen Soldaten, die nach dem Ende des Zweiten Weltkrieges hier zum Aufpassen geblieben waren, hatten sich eigene Siedlungen, Schulen und Sportplätze und sogar einen eigenen Radiosender gebaut. Nach fünfzig Jahren hatten sie aber die Nase voll und sagten, die Frankfurter könnten von jetzt ab auf sich selbst aufpassen. Sie packten ihre Sachen und verabschiedeten sich nach Amerika.

Die zurückgelassenen Häuser und Grundstücke wollten die Stadtpolitiker gern haben – genau wie die Landespolitiker. Die Instandsetzung bezahlen wollte dagegen keiner. Dieser Streit dauerte ziemlich lange, und das verwaiste Hochschulgelände blieb sich selbst überlassen. Doch worüber die Erwachsenen den Kopf schüttelten, das fanden wir Kinder toll: zugewachsene Wege, verlassene Häuser, breite, autofreie Straßen zum Skateboardfahren, keine Erwachsenen und keine Verbote, kurz: ein Gelände wie für Kinder gemacht.

Um die alte Hochschule gab es außer dem angrenzenden Offiziersviertel noch eine gar nicht so kleine Kirche, einen Kindergarten und ein paar Nebengebäude. All das war bald eine richtige Geisterstadt; selbst die nahe Fernwärmestation mit ihrem alten Backsteinschlot wirkte verlassen, obwohl sie es nicht war. Überall wuchs Grün über den traurigen Beton. Gräser quetschten sich zwischen Asphaltplatten hervor, wilder Wein rankte sich um Regenrinnen, Dorngestrüpp ließ Eingänge in undurchdringlichem Dickicht verschwinden. Die grauen Schulgebäude wirkten wie eine Saurierherde, die einst von mächtigen Schlingpflanzen zu Fall gebracht und allmählich überwuchert worden war. Dazu kam besonders am Wochenende eine eigentümliche Stille. Man mochte nicht glauben, dass nur wenige Meter entfernt eine der größten Einfallstraßen Frankfurts lag: die Miquelallee mit ihren breiten Blechströmen, die sich täglich aus dem Taunus in die Stadt wälzten. Bloß der große Sportplatz hinter der Schule, auf dem die amerikanischen Soldaten Football und Baseball gespielt hatten, verriet durch den gepflegten Rasen und die leuchtend rote Laufbahn, dass die Gegend nicht ganz so gottverlassen war, wie sie aussah.

Zu der Zeit, als der Fall Perjau meinen Vater beschäftigte, konnten wir auf dem Gelände tun und lassen, was wir wollten. Nirgends sonst gab es so ausgefallene Verstecke, nirgends konnte man so echte Bandentreffs abhalten oder so irre Verfolgungsjagden veranstalten. Bald hieß die Hochschule bei uns nur noch »die Ruine«, obwohl sie nicht verfallen war, sondern bloß ziemlich heruntergekommen. Natürlich war es verboten, die Gebäude zu betreten. Große Teile des Geländes waren durch hohe, zugewachsene Zäune abgetrennt. Fast alle Türen und Fenster waren verschlossen. Aber eben nur fast alle. Und mancher Zaun hatte, hinter Gestrüpp verborgen, ein Loch – nicht groß, aber für uns Kinder groß genug.

Die traurige Sache mit Heiners Bruder ist jetzt anderthalb Jahre her. Heiner hatten wir beim Spielen auf dem Ruinengelände kennen gelernt. Sein fünfjähriger Bruder Mantje dackelte ihm stets hinterher. Meist hatte Heiner nichts dagegen, denn er fühlte sich als Beschützer seines Bruders, der ein krankes Bein hatte und wenige Spielkameraden. Bloß auf dem Ruinengelände mochte Heiner ihn nicht dabei haben, denn wir kletterten viel aus Fenstern, durch Schächte und über Dächer. Mantje wollte aber nicht einsehen, dass es zu gefährlich für ihn war, und an diesem Tag vor anderthalb Jahren gelang es ihm, Heiner unbemerkt zur Ruine zu folgen.

Ich weiß nicht genau, was nach Mantjes Unfall mit Heiner geschehen ist. Manche sagten, er sei ins Internat gekommen; die Familie ist weggezogen. Und die Streifenpolizisten haben die Gegend besonders streng unter die Lupe genommen, allerdings umsonst, denn zuerst mochte sowieso niemand mehr dort spielen. Aber die Zeit verging, und die Streifen kehrten in die Gegenden zurück, wo sie öfter gebraucht wurden.

Bald zog die Ruine uns wieder magisch an, und diese Anziehung bekam durch die Sache mit Mantje etwas Gruseliges, dem wir nicht lange widerstehen konnten. Die Baupolizei hatte neue Schlösser und Riegel anbringen lassen, aber das konnte Kletterer wie uns nicht abhalten. Wir fanden ein Fenster auf der Rückseite des Gebäudes, das nur in den Rahmen gepresst, aber nicht verschlossen war.

Einmal ging im vornehmen Frankfurter Westend das Gerücht, ein im ganzen Land gesuchter Mörder, der aus dem Gefängnis ausgebrochen war, habe sich tagelang in der Gegend um die Ruine versteckt; vielleicht im angrenzenden Grüneburgpark oder auf dem Gelände der Fernwärmestation. Man hat nie wieder von ihm gehört. Das Großmaul Thorsten Kleber aus meiner Klasse wollte gesehen haben, wie ein Totenschädel unter einer Kellertreppe der Ruine hervorschien. Zwar muss man nicht alles glauben, was Thorsten Kleber erzählt, trotzdem traute sich niemand in das Kellergeschoss hinunter.

Ein anderes Mal trafen meine Kumpels und ich uns im oberen Geschoss der Ruine, um feierlich Blutsbrüderschaft zu schließen. Alle standen schweigend im Kreis um die Kerze mit blutig gepiektem Zeigefinger, der kleine Mark Wessing hatte einen Kassettenrekorder mit schauriger Orgelmusik mitgebracht, da schlug uns ein grässliches Kreischen aus der Tiefe in panische Flucht. Hundert Meter von der Ruine entfernt blieben wir schließlich atemlos stehen: Kein Höllengeschöpf schien uns zu verfolgen.

»Mensch, ihr Angsthasen«, keuchte der lange Holger, »das war bestimmt nur eine Katze, die einer Ratte den Garaus gemacht hat!«

Schlaumeier! Trotzdem war Holger einer der Ersten gewesen, die Reißaus genommen hatten, und seine Knie schlotterten nicht weniger als unsere.

Der kleine Mark Wessing traute sich erst eine geschlagene Woche später, seinen Rekorder wieder zu holen, und auch das nur, weil seine Mutter immer bohrendere Fragen danach stellte.

Das Kellergeschoss blieb unheimlich. Niemand wagte sich dort hinunter, wo pechschwarze Finsternis herrschte, wo Ratten hausten und von wo manchmal Geräusche heraufdrangen, die einem das Blut gefrieren ließen. Selbst in die oberen Stockwerke allein hinaufzusteigen, galt fast als Mutprobe.

Bevor die Polizei die Türschlösser erneuern ließ, hatten auch Landstreicher das trockene Versteck der Ruine zu schätzen gewusst und Dutzende von Kerzenstumpen und Bierflaschen hinterlassen. Den meisten dieser Gestalten war man besser aus dem Weg gegangen. Der Landstreicher Hövermeier allerdings, ein gutmütiger alter Knabe, der in unserem Stadtteil Dornbusch bekannt war wie ein bunter Hund, hatte uns Jungs in sein Herz geschlossen. Es hieß, dass er früher in Varietés als Bauchredner aufgetreten war und große Erfolge gehabt hatte, bis sein kleiner Sohn an einer tückischen Krankheit starb. Da fing er an zu trinken, bekam keine Auftritte mehr und verlor seine Frau an einen anderen Mann. Obwohl wir ihn oft bedrängten, hat er uns sein Bauchreden nie vorgeführt, auch nicht, als Thorsten Kleber irgendwann behauptete, er könne gar nicht bauchreden. Hövermeier sagte nur, es erinnere ihn zu sehr an seinen Sohn, und seitdem haben wir das Bauchreden nicht mehr erwähnt.

Als wir Mantje vor anderthalb Jahren leblos am Boden liegend entdeckt hatten, kniete – wie aus dem Nichts aufgetaucht – Hövermeier neben ihm und leistete mit geübten Handgriffen Erste Hilfe, doch seine Anstrengungen blieben vergeblich. Seitdem hatten wir Hövermeier nicht wieder gesehen.

Gelegentlich patrouillierten Wachmänner mit Hunden durch die Anlage, vor denen wir uns tunlichst in Acht nahmen. Den Respekt vor den feinen Hundenasen hatten wir dagegen schnell verloren, denn erstaunlicherweise hatte uns keine je bemerkt. Die Stadt hatte wohl bei den Wachhunden gespart, oder sie waren so alt, dass sie nur an ihren Fressnapf in der warmen Wachstube dachten und keine Lust hatten, sich mit einer Horde Kinder herumzuärgern. Wenn wir die Wachmänner auch nicht gerade herbeisehnten, so galt es doch als Herausforderung, ihnen auf möglichst gewagte Weise zu entgehen.

Eine gruselige Begegnung allerdings hatte nichts mit Landstreichern oder Wachmännern zu tun. Dass sie mit dem Fall Perjau in Verbindung stand, das ahnten wir damals natürlich nicht.

Roman und ich streiften eines späten Abends durch die Ruine, als wir im düsteren Treppenhaus plötzlich fast mit einem Mann zusammenstießen. Er war jung, gebräunt, hatte schwarze, verfilzte Haare und einen Stoppelbart. Eines seiner schwarzen Augen schielte leicht, er trug ein fleckiges, vor Jahren vielleicht mal weißes T-Shirt, abgescheuerte Jeans und in den Händen einen großen flachen Karton. Alle drei waren wir erschrocken, der Mann aber sah wahrhaftig entsetzt aus.

»Was habt ihr Rotznasen hier zu suchen?«, fauchte er. »Macht, dass ihr fortkommt!«

Roman und ich brachten kein Wort heraus. Der Mann wischte sich nervös über die schweißnasse Stirn, blickte sich hastig um und flüsterte scharf:

»Ihr kommt besser nicht mehr hierher! Und ihr erzählt auch niemandem von unserer Begegnung, klar? Ihr habt uns gar nicht gesehen!«

Uns? Wir sahen umher. Der Mann biss sich kurz auf die Lippen, doch ehe er etwas sagen konnte, hörte man von weiter weg eine harte Männerstimme:

»Was ist los, Rico? Mit wem zum Teufel sprichst du?«

»Nichts, Alf, habe mir nur den Fuß gestoßen, al ... alles okay.«

Dann wandte er sich mit finsterer Miene wieder uns zu: »Es ist besser für euch, wenn ihr uns nicht gesehen habt, kapiert?« Er warf einen weiteren nervösen Blick über seine Schulter. »Und noch verdammt besser für euch ist, wenn Alf euch nicht zu sehen kriegt, glaubt mir ...«

Trotz meiner Aufregung entging mir nicht, dass dies eher nach einer Bitte klang als nach einer Drohung. Der Mann hob mit einem Ruck seinen Karton an und hastete die Treppe hinunter. Roman und ich machten, dass wir fortkamen – so leise wir konnten und mit einer Gänsehaut am Rücken. Lange saß uns der Schreck dieser Begegnung in den Knochen. Die Neugier aber trieb uns nach einer Weile zurück zur Ruine – allerdings bei Tageslicht und erst, nachdem wir uns mit der Vorsicht eines Minenräumers davon überzeugt hatten, dass die Luft rein war. Nicht zuletzt wollten wir herausfinden, wie die Burschen in das Gebäude eingedrungen waren. Wir durchstöberten das Treppenhaus, die Räume in der Nähe unseres damaligen Zusammenstoßes, wir wagten uns sogar ein ganz kleines Stück weit ins Kellergeschoss, ohne jedoch irgendetwas zu finden.

Aber zurück zu jenem Sonntag im Winter. Es war schon fast dunkel, als ich an der Ruine vorbeifuhr. Ihre schwarzen Fensterlöcher starrten wie die Augenhöhlen eines Totenschädels. Ich fröstelte. Allein hatte ich das Gebäude noch nie betreten, und an diesem düsteren Winterabend verspürte ich wenig Lust, damit anzufangen.

Natürlich fand sich weit und breit keiner meiner Freunde, darum wendete ich bald mein Rad und fuhr zurück. Ein Stück in den Grüneburgpark hinein, um von dort auf die Fußgängerbrücke über die Miquelallee zu gelangen, die Verlängerung der Westautobahn. In der Mitte hielt ich an und verfolgte ein Weilchen die Autoscheinwerfer, die wie Glühwürmchen vom Taunus heranschwebten und träge unter mir hindurchzogen. Auf der Gegenfahrbahn strebten rote Glühwürmchen davon.

Schließlich verließ ich meine Aussichtsstelle und gondelte unentschlossen durch die Wohnstraßen hinter der Deutschen Bundesbank. Meine Hände waren eiskalt, und ich beschloss, den Heimweg anzutreten.

In diesem Augenblick begegneten mir die drei seltsamen Männer: der Große mit der Boxervisage, der Regenmantelmann mit dem bösartigen Zug um die Mundwinkel und der Dicke mit dem ängstlichen Blick. Ich musste mich am Riemen reißen, um mir nichts anmerken zu lassen, zumal der Regenmantelkerl mich misstrauisch beäugte.

Wir passierten einander; ich hielt und sah dem seltsamen Trio nach. Da blieb plötzlich der Regenmantelmann stehen, drehte sich um und starrte mich an. Der Große und der Dicke hielten auch. Wie hypnotisiert erwartete ich jeden Moment, dass er »Was gibt's da zu glotzen?«, blaffen würde. Aber er starrte mich bloß vollkommen regungslos und ohne ein Blinzeln an. Wer so gucken kann, braucht keine Worte. Der Große sah verunsichert von ihm zu mir, sagte aber nichts. Ich drehte mich mit steifem Hals und roten Ohren um und trat in die Pedale. Als ich einen Blick über die Schulter warf, standen die drei noch immer unverändert. Ich trat schneller. Doch nach einigen Metern wagte ich einen weiteren Blick. Die drei hatten ihren Gang wieder aufgenommen und beachteten mich nicht mehr.

Ohne zu überlegen kurvte ich blitzschnell hinter ein parkendes Auto, legte das Rad flach und duckte mich. Dann lugte ich vorsichtig um den hinteren Kotflügel.

Die Männer hielten vor einem Briefkasten an. Der Große und der Unangenehme im Regenmantel sahen sich kurz um, dann nickte der Regenmantel dem Dicken zu, und der warf mit zitternden Händen einen Brief in den Kasten. Dann schien er noch etwas sagen zu wollen, aber seine Begleiter hatten offenbar keine Lust auf Unterhaltung. Sie packten ihn unter den Armen und marschierten geradewegs zurück – und das hieß: auf mich zu!

Mir schoss das Blut in die Ohren. Was würden die Kerle sagen, wenn sie mich entdeckten? Was vor allem würde ich sagen? Die drei Männer kamen Schritt für Schritt näher. Das Rad schnappen und abhauen? Keine Zeit! Um das Auto herumkriechen? Sie würden das Rad bemerken. Mit jedem ihrer Schritte pochte das Blut in meinen Ohren lauter. Immer näher kam das Klack-Klack ihrer Absätze. Noch wenige Meter, dann würden sie zu ihrer Rechten einen Jungen, hinter einem Auto kauernd, entdecken. Und es war kaum anzunehmen, dass sie »Na, mein Kleiner, was spielst du denn Schönes« sagen würden.

Mein Großvater, der in seiner Jugend um Kap Hoorn gesegelt war und später ein Zimmer mit überquellenden Bücherregalen besaß, pflegte mit aufgerichtetem Zeigefinger zu sagen: »Wo aber Gefahr ist, wächst das Rettende auch.«

Er hatte diesen Satz von einem der Dichter, nach denen in unserer Gegend die Straßen benannt sind. Für mich war das nur einer der vielen eierköpfigen Sätze, die Bücherwürmer im Fernsehen von sich geben. Aber in diesem Moment bekam der Satz für mich Leben, und das Leben kam als kräftiges Niesen aus einem offenen Fenster. Das zugehörige Haus stand auf der gegenüberliegenden Seite des Gehweges.

Unwillkürlich sahen die drei Männer nach links, denn aus dem offenen Fenster schimpfte eine raue Männerstimme auf englisch und schniefte, eine keifige Frauenstimme stichelte dazwischen. Nach wenigen Sekunden wurde das Fenster zugeknallt, es gab nichts mehr zu hören, und die Männer hefteten ihre Augen wieder auf den Gehweg, waren jetzt aber schon an mir vorbeigezogen. Als ich gerade wieder anfangen wollte zu atmen, sah ich, dass der Regenmantel den Dicken gar nicht untergehakt hatte. Er drückte ihm einen Revolver ins Kreuz.

POLIZEI

Feuer

Mein Vater, Frau Werschke – unsere Haushälterin – und ich saßen beim Abendessen. Frau Werschke kenne ich, seit ich denken kann.

Vor der Trennung meiner Eltern war Frau Werschke Putzfrau bei uns gewesen und kam einmal die Woche, aber schon damals übernahm sie gelegentlich das Kochen oder passte auf mich auf. Nach der Scheidung bot ihr mein Vater an, den Haushalt zu schmeißen, und seitdem bereitet sie morgens das Frühstück und geht am Nachmittag, wenn die Hausarbeit erledigt ist. Manchmal kommt sie auch erst mittags und isst mit uns zu Abend. Auf Fremde wirkt sie erst mal grau und grantig, aber kennt man sie besser, merkt man, dass sie in Ordnung ist, auch wenn ich sie noch nie bei einem Lachen ertappt habe. Aussehen tut sie mindestens wie siebzig, aber nicht einmal mein Vater kennt ihr wahres Alter. Manchmal raunt er etwas von einem bewegten Lebenswandel, den sie hinter sich habe, was immer das heißen mag. Kettenraucherin soll sie gewesen sein – ihrer tiefen, rauen Stimme und ihren gelegentlichen Hustenanfällen nach könnte das zutreffen. Sie spricht kein Wort zu viel, aber was sie sagt, sagt sie klar und deutlich. Sie behandelt jeden anständig, der sie anständig behandelt, aber übertriebenen Respekt darf man nicht erwarten: Ohne Zögern würde sie den Papst anknurren, die Füße hoch zu nehmen, müsste sie unter dem Heiligen Stuhl Staub saugen. Sie kocht nicht übel, scheint sich selbst aber fast nur von Schokolade zu ernähren; seltsamerweise bleibt sie dabei spindeldürr. Kurz gesagt: Frau Werschke gehört zur Familie, und deswegen kommt sie gelegentlich auch sonntags.

Mein Vater erzählte von dem Fall, dessentwegen er keinen Urlaub kriegte: irgendetwas mit gefälschten und dann geklauten

Bildern – oder war's umgekehrt? Jedenfalls ging es ums Städel, das bekannte Kunstmuseum am Frankfurter Museumsufer, aber ich hörte nur halb hin. Ich stierte durch mein Brot hindurch. Was um alles in der Welt hatte ich da beobachtet? Immer wieder tauchte dieser Blick vor mir auf, dieser Blick voller Todesangst.

Da gab es keinen Zweifel: Verbrecher aus Fleisch und Blut waren da wenige Meter an mir vorbeispaziert, aber keine Bonbondiebe, sondern Männer mit Waffen. Und sie sahen so aus, als würden sie ihre Waffen ohne mit der Wimper zu zucken benutzen. In meinem Hals steckte ein Kloß. Hatte hier jemand über Langeweile gejammert?

Ich hätte die ganze Geschichte gleich meinem Vater erzählen sollen. Aber sagen Polizisten nicht immer, dass sie Beweise brauchen? Außerdem wollte ich ungern beichten, zur Ruine gefahren zu sein. Das hat mein Vater nämlich nicht gern seit der Sache mit Mantje. Schon gar nicht im Dunkeln. Aber ein Blinder mit Krückstock sah, dass dem Dicken mit der Baskenmütze schnellstens geholfen werden musste. Was aber sollte die Polizei mit dem anfangen, was ich bis jetzt wusste? Würde mein Vater mich überhaupt ernst nehmen? Oder würde er das Ganze als Hirngespinst abtun? Ich beschloss, die Sache selbst in die Hand zu nehmen. Aber wie?

»Es muss sich um eine ganze Bande von hochkarätigen Fälschern handeln«, sagte mein Vater kauend, und ich schreckte aus meinen Gedanken auf. Was für Fälscher?

»Woher weiß man das?«, fragte Frau Werschke.

Mein Vater antwortete: »Weil Bilder ganz unterschiedlicher Maler gefälscht und unbemerkt gegen die Originale ausgetauscht wurden, Kopisten spezialisieren sich aber meist auf einen bestimmten Stil.«

Frau Werschke hörte jedoch nicht mehr richtig zu, sondern sah mich mit hochgezogener Augenbraue an.

»Was ist?«, fragte sie.

»Wieso?«, stotterte ich.

»Weil ich dir Feldsalat aufgetan habe, ohne dass du protestierst. Geht's dir nicht gut?«

»Doch, doch, alles okay.«

Ich begann, eifrig meinen Salat zu essen, was Frau Werschkes linke Augenbraue noch weiter in die Höhe trieb. Hoffentlich kann sie nicht Gedanken lesen, dachte ich.

Mein Vater fuhr fort: »GMM meint zwar, sich dunkel an jemanden zu erinnern, dem er so was auch ganz allein zutrauen würde, aber den haben wir noch nicht ausfindig gemacht.«

GMM ist ein Kollege und Freund meines Vaters, der eigentlich Frithjof Schwälmer heißt. Sie kennen sich schon aus der Schulzeit, und GMM ist ein netter Bursche mit Nickelbrille und wirren, fast weißen Locken, obwohl er ein Jahr jünger ist als mein Vater. Seinen Spitznamen verdankt er seiner Lieblingsredewendung: »Ganz meine Meinung.«

»Eins ist bei der Sache allerdings sehr merkwürdig«, fügte mein Vater hinzu und strich sein Messer nachdenklich an der Brotkante ab.

»Nämlich was?«, fragte Frau Werschke.

»Auf einigen der Bilder sind Fehler. Zum Beispiel ein geringfügig veränderter Name in der Signatur oder ein Datum, das um hundert Jahre danebenliegt.«

»Du liebe Güte. Dann waren die Fälscher wohl doch Stümper.«

»Keineswegs, das ist ja das Vertrackte. Die Bilder wären ohne diese Fehler gar nicht aufgefallen. Zum Glück hat das bisher nur das Personal im Städel bemerkt und kein Besucher – das hätte sonst einen schönen Skandal gegeben.«

»Wer soll daraus schlau werden«, sagte Frau Werschke und begann, die Teller zusammenzuräumen.

»Vati«, fragte ich, »was ist eine Signatur?«

»Das ist die Unterschrift, meist am unteren Rand eines Gemäldes. Damit bezeugt der Maler, dass dieses Bild von ihm ist. Manchmal schreibt er bloß seine Anfangsbuchstaben hin, manchmal noch das Datum dazu.«

»Aha. Kann ich noch ein bisschen raus?«

Mein Vater stutzte: »Jetzt noch? Von deinen Kumpels ist doch keiner da. Außerdem bist du mit Abräumenhelfen dran.«

»Bitte! Ich mach dafür morgen ganz allein Frühstück. Ich brauch noch ein bisschen frische Luft.«

Na, ob das ziehen würde? Immer wenn mein Vater mich nämlich an die frische Luft schicken will, weil ich ihm zu lange am Computer sitze, sage ich, das sei nicht nötig. Aber mein Vater hatte wohl diesmal Mitleid, weil ich von allen guten Freunden verlassen war.

»Eine halbe Stunde. Und du kommst, ohne dass ich dich rufen muss, verstanden?«

Das ließ ich mir nicht zweimal sagen. Im Nu saß ich auf dem Sattel meines Rades und strampelte durch die frostige Dunkelheit, dass die Kette knirschte.

Ein bisschen ein schlechtes Gewissen hatte ich schon. Dass ich auf dem benachbarten Spielplatz eine Runde drehen und leere Coladosen vor mir herkicken würde – das war sicher das, was mein Vater vermutete. Kurs auf die Plieningerstraße nehmen – das war es, was ich vorhatte. Aber das hätte mein Vater zu dieser Stunde kaum erlaubt, also hatte ich schön den Mund gehalten.

Nach zehn Minuten zackiger Fahrt stand ich vor dem Briefkasten und glotzte ihn an, als könne er mir sein Geheimnis verraten. Aber es war bloß ein ganz gewöhnlicher gelber Blechkasten, dem man nicht ansah, was er verbarg. Unter dem Berg von Papier in seinem Inneren, zwischen all den Grüßen und Rechnungen, da lag ein Brief, der einem Menschen Todesangst machte. Was um alles in der Welt mochte darin stehen, dass man eine bewaffnete Eskorte brauchte? Warum war der Dicke gezwungen worden, den Brief einzuwerfen? Warum hatten das seine Bewacher nicht selbst besorgt?

Für mein Leben gern hätte ich einen Blick in den Kasten geworfen. Das ging natürlich nicht, außer mit Gewalt. Wenn man dafür aber an wichtiges Beweismaterial kommen und so dem Dicken mit der Baskenmütze helfen konnte – müsste die Polizei da nicht ein Auge zudrücken?

Plötzlich bemerkte ich aus dem Augenwinkel eine Gestalt, die sich rasch näherte. Mein Herz machte einen Satz. Es war der Unangenehme im Regenmantel! Zu spät zum Verstecken; der Kerl hatte mich gesehen. Und wahrscheinlich gehört. Jedenfalls glaubte ich, mein hämmerndes Herz müsse in der ganzen Straße zu hören sein.

»Nur die Ruhe, Buddy«, flüsterte ich mir selbst zu, aber ich muss zugeben, dass es nicht ganz so lässig klang wie bei den Detektiven im Fernsehen. Ich tat, als werfe ich etwas in den Briefkasten, und betete, dass der Mann mich nicht wiedererkannt haben möge. Dann versuchte ich, so ruhig wie möglich davonzuradeln, wenn sich auch meine Nackenhaare sträubten. Kaum war ich jedoch um die Kurve, kippte ich mein Fahrrad gegen einen Strauch und flitzte über den breiten, hartgefrorenen Rasen, der zwischen zwei Wohnblocks lag. In seiner Mitte stand eine Laube, die sommers zum Grillen genutzt wird, und dort spurtete ich hinein; von hier konnte ich den Kerl ungesehen beobachten. Wollte er schon wieder einen Brief einwerfen? Und wieder so einen unheimlichen? Jedenfalls sah er sich erneut misstrauisch nach allen Seiten um und hielt – tatsächlich – vor dem Briefkasten an.

Er schien sich eine Zigarette anzuzünden, ein Lichtschein flackerte kurz auf, und dann warf er etwas schnell in den Kasten. Noch einmal sicherte er nach allen Seiten und marschierte eilig dahin zurück, woher er gekommen war.

Mit diesem Briefkasten musste es bei allen Großmuftis etwas auf sich haben. Warum hatte es der Kerl plötzlich so eilig? Schon war er im Laufschritt um die nächste Ecke verschwunden. Ich richtete mich gedankenverloren auf. Welches Geheimnis umgab diese gelbe Kiste?

Während es in meinem Hirn noch arbeitete, stieg mir Brandgeruch in die Nase. Aber so sehr ich meine Augen auch herumflitzen ließ, ich konnte ihn nicht orten.

Bis ich plötzlich Qualm aus den Schlitzen des Briefkastens hervorquellen sah. Tatsächlich, im Briefkasten musste ein Feuer lodern.

Ein Sprengstoffbrief! Der Kerl hatte einen Sprengstoffbrief eingeworfen, und mit dem war irgendwas schiefgegangen, so dass er sich vorzeitig entzündet hatte.

Einen Moment stand ich stocksteif, doch dann kam wieder Leben in mich. Ich hetzte zu meinem Rad zurück und jagte damit quer über den gefrorenen Rasen zur Ecke der Hansaallee, wo der Regenmantelmann verschwunden war. Ich klapperte noch einige Straßen ab, doch von dem Kerl war keine Spur zu entdecken. Als ich zurückkam, sah ich von weitem einen Streifenwagen vor dem qualmenden Briefkasten stehen. Ein Uniformierter sprach mit einem zerlumpten Kerl, der hilflos mit den Armen wedelte, ein zweiter Polizist löschte den Briefkastenbrand mit einem kleinen Handlöscher. Dann hakten die Polizisten den Mann unter und verfrachteten ihn in den Streifenwagen, und dabei erkannte ich ihn: Es war Hövermeier.

Langsam verschwanden die Rückleuchten des Polizeiwagens hinter der nächsten Ecke, die Kälte kniff mir in die Nase, und erst jetzt dämmerte mir, dass die vereinbarte halbe Stunde längst vorbei sein musste.

Das Geständnis

Wegen der überzogenen halben Stunde brach ein standesgemäßes Donnerwetter über mich herein. Frau Werschke steuerte anfänglich ein paar Blitze bei, doch als mein Vater zu großer Form auflief, schlug sie sich auf meine Seite, so dass am Ende eine Woche Hausarrest zusammenschrumpfte auf einen Tag Küchendienst plus verschärftes Zimmeraufräumen. Obendrein war es mir gelungen zu verheimlichen, dass ich in Richtung Ruine gefahren war.

Beim Abendessen des folgenden Tages hatten sich die Gewitterwolken längst verzogen. Mein Vater schob einen Bissen Salamibrot in die Backentaschen und sagte:

»Übrigens habe ich heute zufällig gehört, dass man den alten Hövermeier eingebuchtet hat.«

Dabei schielte er zu mir rüber, denn er wusste, dass wir Jungs aus dem Viertel den alten Hövermeier gut leiden mochten. Mein Vater war nicht streng dagegen, weil, wie er einmal einräumte, Hövermeier uns die Neugier auf Alkohol vielleicht besser austreiben könne als ein Haufen mahnende Zeigefinger. Damit lag mein Vater nicht ganz falsch; Hövermeier hatte uns gelegentlich windelweiche, vergilbte Autogrammkarten aus seiner Jugend gezeigt, auf denen ein eleganter junger Mann in stilvollem dreiteiligem Anzug und Zylinder den Betrachter freundlich und nicht ohne Charme ansah, während auf seinem Schoß eine Handpuppe stier in die Ferne grinste. Wenn Schnaps aus diesem Burschen das gemacht hatte, was heute als Hövermeier vor uns stand, einen alten Landstreicher mit wässrigen Augen und wirrer Mähne, der in Lumpen gehen und auch im Winter meist draußen schlafen musste, dann konnte Schnaps mir gern gestohlen bleiben. Das Einzige, was Hövermeier sich bis jetzt erhalten hatte, waren erstaunlich gepflegte Zähne.

»Hövermeier eingebuchtet?«, fuhr ich auf. »Wieso denn das?«

»Er hat einen Briefkasten angezündet.«

»Aber nein, das war … ich meine, so was würde Hövermeier nie tun!«

»Tja, Mirko, es ist kalt, und wenn man kein Dach über dem Kopf hat …«

»Aber Hövermeier hat doch schon viele Winter ohne Dach über dem Kopf erlebt und hat noch nie einen Briefkasten angezündet.«

»Er wird eben auch nicht jünger, und im Alter setzt einem die Kälte viel mehr zu.«

»Trotzdem. So was macht Hövermeier nicht.«

»Ich weiß ja, Junge, dass der alte Hövermeier für euch fast wie ein Freund ist. Aber ich glaube, ihr macht euch falsche Vorstellungen vom Leben auf der Straße. Ein solches Leben ist – wie soll ich sagen – ein Leben außerhalb der Gesellschaft, und darum gelten dort die Regeln der Gesellschaft auch nicht viel.«

Ich brannte darauf, mich für den unschuldigen alten Knaben ins Zeug zu legen, ahnte aber die Gefahr, mich dabei zu verplappern. Als ich noch eine unverfängliche Verteidigung suchte, fügte mein Vater nach einem weiteren Bissen hinzu:

»Außerdem hat er bereits gestanden.«

Da blieb mir wirklich der Mund offen stehen, und während des folgenden Abwaschs, der meinen Küchendienst beendete, knabberte ich unentwegt auf dieser harten Nuss herum.

Roman

Am nächsten Morgen weckte mich ein bekanntes ratterndes Geräusch, das nur eines bedeuten konnte. Ich sprang aus dem Bett und spähte durch die Gardinen. Der Himmel war hellgrau, Straßen und Autos mit dünnem Reif belegt. Roman stand draußen kerzengerade auf seinem Skateboard und bollerte einsam über die Gehwegplatten, die Hände in den Taschen, das Gesicht halb hinter dem Kragen seiner mächtigen Daunenjacke verschanzt, halb von einer schwarzen Skimütze bedeckt. Fünf Minuten später stand ich neben ihm.

»Hey, ich dachte, ihr seid noch verreist.«

Romans hellblaue Augen betrachteten seine Turnschuhe, die kaum unter den zu langen Hosen hervorlugten. »Sind halt früher zurückgekommen ...«

Ich wusste, was das zu bedeuten hatte. Mindestens einmal im Monat schrie Romans Mutter, sie halte es keine Sekunde länger mit seinem Vater aus, und wenn im Sommer alle Fenster offen standen, konnte man sie bis auf die Straße hören. Am nächsten Tag waren die beiden wieder ein Herz und eine Seele – bis zum nächsten Streit.

Wie gut, dass ich Roman mit meinen Neuigkeiten auf andere Gedanken bringen konnte. Als ich von den drei Männern und dem angstvollen Blick des Dicken erzählte, sah er mich misstrauisch an. Doch der Sprengstoffbrief und der verhaftete Hövermeier überzeugten ihn schließlich.

»Mensch, Muckel, wir müssen Hövermeier raushauen! Wieso hast du deinem Vater nicht erzählt –«

»Hab ich dir doch erklärt!«

»Na hör mal, nur damit du keinen Anpfiff kriegst, muss Hövermeier jetzt brummen?«

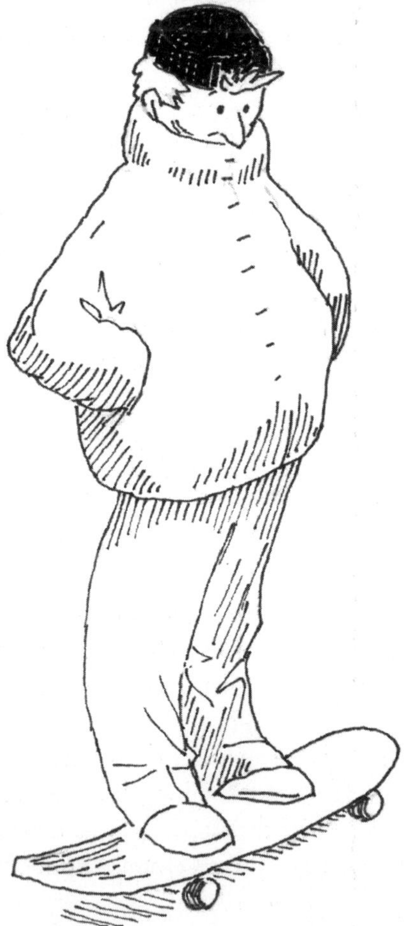

Ich zupfte an meiner Nase; dieser Gedanke war natürlich auch mir gekommen.

»Aber wieso in drei Teufels Namen hat er gestanden, wenn er's gar nicht war?«, sagte ich trotzig.

»Keine Ahnung. Vielleicht haben sie ihn gefoltert. Daumenschrauben, Stromschläge oder Bambusstückchen unter die Fingernägel oder alles auf einmal.«

»Sehr witzig. Hast du vielleicht auch eine vernünftige Erklärung?«

»Ich kann mir nur vorstellen, dass er zu besoffen war, um irgendwas zu kapieren.«

»Komm, wir gucken uns den Briefkasten mal an«, schlug ich vor, »und dann ... hast du schon gefrühstückt?«

Roman schüttelte trübe den Kopf. »Noch keinen Hunger gehabt.«

»Dann kommst du danach mit zu uns. Frau Werschke macht uns Frühstück.«

Das hellte Romans Miene auf. Er nickte und lief, um seiner Mutter Bescheid zu sagen, während ich mein Rad aus dem Keller holte.

Eine Minute später fuhren wir – Roman an meinen Gepäckträger gehängt – Richtung Miquelallee.

Wir erwarteten den Briefkasten in der Plieningerstraße von hässlichen Rußschlieren verunziert, aber es war bereits ein funkelnagelneuer montiert.

»Fehlanzeige«, grunzte Roman, »und jetzt?«

»Lass uns ein bisschen durch die Gegend streifen. Vielleicht kriegen wir einen dieser Kerle, die Sprengstoffbriefe verschicken, zu Gesicht.«

»Du dickes Ei! Glaubst du das wirklich?«

Ich blickte Roman an wie einen liebenswert Schwachsinnigen. »Wenn du einen Brief einwirfst, gehst du dann ans andere Ende der Stadt oder zum nächsten Briefkasten?«

»Weiß nicht, ich schreibe eher Mails ...«

»Na, vorstellen wirst du dir's wohl können! Du gehst natürlich zum nächsten, oder?«

»Vielleicht.«

»Nee, hundertprozentig, und so werden es die Kerle auch machen. Also wohnen sie hier in der Nähe, kapiert?«

»Nicht, wenn sie schlau sind. Aber von mir aus. Sehen wir uns etwas um.«

Roman hängte sich wieder hinten an, und wir schnürten ziellos durch die Gegend. Der Verkehr auf der Miquelallee klang dünn und müde – nach Weihnachtsferien. Bunte Elektrokerzen in den Fenstern verkündeten, dass in den Blocks nördlich der Miquelallee auch nach dem Abzug der Soldaten noch etliche Amerikaner wohnten. Der Teich hinter der Bundesbank war zugefroren, die Enten hatten sich unter den Ufersträuchern versammelt und ihre Schnäbel im Brustgefieder vergraben. Von den Schildkröten, die im Sommer oft auf den Findlingen hockten und ihre Panzer von der Sonne bescheinen ließen, war nichts zu sehen. Aus der Gaststätte des Kleingartenvereins »Feldbergblick« am Fuße des Fernmeldeturms schwebte der Duft von Zimt und Glühwein. Den Grüneburgpark bevölkerten die üblichen Gassigänger und Jogger, und die Ruine zeigte sich um diese Jahreszeit als Bilderbuch-Geisterstadt. An den Mietshäusern studierten wir hier und da sogar die Namen an den Klingelknöpfen, ohne uns selbst erklären zu können, was das hätte nützen sollen.

Natürlich fanden wir keine Spur von dem Dicken mit der Baskenmütze oder seinen Bewachern. Nach einer guten Stunde hatten wir genug von der Kälte und machten uns auf den Heimweg.

Frau Werschke ließ sich nicht lumpen und servierte jedem von uns mein Lieblingsfrühstück: Eier, dampfenden Kakao, Toast mit Camembert und Hagebuttenmarmelade. Wir rieben uns die Hände vor Kälte und vor Appetit. Roman schmeckte es offensichtlich nicht weniger als mir, denn der Toaster arbeitete pausenlos. Die Sonne drang durch den Hochnebel und warf goldene Streifen auf die Tischdecke. Als wir uns schließlich zurücklehnten und langsamer kauten, setzte sich Frau Werschke mit einer Tasse Kaffee und einem Riegel Schokolade zu uns.

»Ist euer Urlaub schon vorbei, Roman? Ich dachte, ihr wolltet zwei Wochen fahren.«

»Na ja, das Wetter ... Und so ...«

»Na, lass man, Junge«, erlöste ihn Frau Werschke in ungewohnt leisem Ton, denn sie war der Meinung, dass sich laut und deutlich sagen ließ, was man zu sagen hatte, »ich kann's mir denken.« Sie trank einen Schluck Kaffee, blickte aus dem Fenster und fuhr fort: »Früher gab es bei uns zu Hause mehr Schläge als Brot ... aber ich glaube, darüber kannst du dich nicht beschweren, oder?«

Roman nickte und zwirbelte die Tischdecke zwischen seinen Fingern. Seine Eltern stritten laut. Sehr laut. Aber geschlagen hatten sie einander nie, ebenso wenig ihn.

»Ich weiß, es ist dir jetzt ein schwacher Trost, aber glaub mir, das ist eine Menge wert. Na, jedenfalls: Wenn du rüberkommen magst, bist du immer willkommen.«

Damit biss Frau Werschke so herzhaft in die Schokolade, dass sich eine Frage erledigte, die ich schon lange mit mir herumschleppte: nämlich ob sie ein Gebiss trug.

Romans leises »Danke« übertönte sie, indem sie ihren Stuhl geräuschvoll zurückschob.

»So, ich räume jetzt den Tisch ab, und ihr ...«

»Haben Sie gehört«, sagte Roman plötzlich und ließ die Tischdecke los, »dass man den alten Hövermeier eingebuchtet hat?«

»Na ja, schon.«

»Glauben Sie«, fragte ich, »dass Hövermeier das getan hat, das mit dem Briefkasten?«

Sie blickte uns einen Moment nachdenklich an. »Eigentlich

trau ich dem alten Knaben das nicht zu. Wundert mich aber nicht, dass er's trotzdem gestanden hat.«

Darauf machten Roman und ich große Augen.

»Na, ist doch klar«, sagte Frau Werschke und begann, mit dem Geschirr zu klappern, »in Freiheit und frieren oder im Gefängnis und warm. Was glaubt ihr, was ein Tippelbruder um diese Jahreszeit vorzieht?«

Der Mann in der Zeitung

Bis hierher hatte Frau Werschke mit dieser ungewohnt leisen und mitfühlenden Stimme gesprochen. Als Roman und ich zu unseren Anoraks greifen wollten, fand sie allerdings zu ihrem gewohnten Tonfall zurück, dem Tonfall eines Feldwebels:

»Nee, nee, Jungchen, jetzt ist Zimmer aufräumen angesagt!«, was ja die Strafe für mein Zuspätkommen am Sonntagabend war. Wenigstens erklärte sich Roman bereit, mir zu helfen.

Auf meinem Schreibtisch fand sich eine freie Fläche, kaum größer als ein DIN A 4-Blatt, die Mindestanforderung zur Erledigung meiner Hausaufgaben. Umgeben war diese Lichtung von überhängenden Gebirgen aus Heften, Kassetten, Disketten, CDs und tausend anderem Krimskrams, dessen Herkunft ich zum großen Teil nicht mehr kannte. Meine sonstigen Möbel verschwanden unter Pullovern, Hosen und T-Shirts, teilweise frisch gebügelt, teilweise überreif für den Wäschekorb.

Hilfe konnte ich bei dem Chaos in meinem Zimmer also gut gebrauchen, oder besser: hätte gebrauchen können, denn Romans Unterstützung – das wurde mir schnell klar – konnte ich abhaken. Gedankenverloren schob er immer dasselbe Buch von einer auf die andere Regalseite, während er mir vom missglückten Skiurlaub erzählte: Wie der so vielversprechend begonnen hatte in einer gemütlichen kleinen Hütte in glitzernder Schneelandschaft, mit nagelneuen Skiern, die unterm Tannenbaum gelegen hatten und sein ganzer Stolz waren. Wie seine Eltern sich anfänglich zusammennahmen, doch bald über die Frage in Streit gerieten, ob Roman einen Skikurs besuchen sollte oder nicht, und wie sie schließlich um jede Kleinigkeit zankten, bis Romans Mutter ihren Koffer aufs Bett knallte und wutschnaubend zu packen begann und sein Vater es ihr mit finsterer Miene gleichtat.

Da begann auch meine Tatkraft nachzulassen, denn ich musste an den Streit meiner Eltern denken, der so ganz anders gewesen war als der zwischen Romans Eltern: Es knallten keine Türen, kein Geschirr wurde zerschmissen, was bei Thalers durchaus vorkam. Aber der stille Streit, der am Ende zwischen meinen Eltern schwelte, war nicht weniger bedrückend gewesen. Romans Eltern lebten immerhin noch zusammen.

Trotz alledem konnte man nach einer knappen Stunde mein Zimmer leidlich aufgeräumt nennen. Ich ging hinüber in das Arbeitszimmer meines Vaters, um einige seiner Stifte und CDs zurückzulegen, die sich bei meinen Ausgrabungen gefunden hatten. Auf dem Schreibtisch lag ein fünf Jahre alter Zeitungsausschnitt der Frankfurter Rundschau. Ich war schon halb wieder auf dem Weg zur Tür, als ich einen zweiten Blick auf das Foto warf, das neben dem Artikel abgedruckt war. Es durchfuhr mich wie ein Stromschlag, und im nächsten Augenblick hielt ich den Artikel in beiden Händen und sog die Zeilen in mich auf:

»**Frankfurt**. Der Kunstmaler Gustav Perjau, bei dem die oberen Zehntausend Deutschlands um ein Porträt Schlange stehen, scheint in einen Fall von Kunstfälschung verwickelt zu sein. Der Frankfurter Bruno Brauwasser, eine Größe der örtlichen Halbwelt, hatte versucht, Kopien weltberühmter Gemälde zu verkaufen, die offensichtlich von der Hand Perjaus stammten. Brauwasser hatte die Kopien als echt ausgegeben. Die Staatsanwaltschaft ermittelt gegen den Flüchtigen wegen Betrugs und Urkundenfälschung. Dem Kopisten Perjau bescheinigen Fachleute Genialität und ein beispielloses stilistisches Einfühlungsvermögen; eine Mittäterschaft konnte ihm indes nicht nachgewiesen werden. Zwar hatte er gegen die eherne Regel der Kopisten verstoßen, Kopien bekannter Gemälde nur in augenfällig abweichenden Formaten zu erstellen, doch konnte er eine unterschriebene Erklärung vorweisen, in der sein Auftraggeber Brauwasser sich verpflichtet hatte, die Bilder als Kopien zu kennzeichnen.«

Das Foto zeigte das Porträt eines Mannes, und trotz des dunkleren Bartes und der fülligeren Gesichtszüge war es nicht schwer, diesen Mann wiederzuerkennen. Besonders, da er auf dem Foto eine Baskenmütze trug.

Ich nahm den Ausschnitt mit in mein Zimmer, wo Roman gedankenversunken mein Matheheft mit Käsekästchen voll malte.

»Lass den Blödsinn und schau dir das hier mal an.«

Roman las den Artikel, wendete das Papier, fand aber auf der Rückseite auch keine Erleuchtung. »Und?«

»Das ist der Kerl.«

»Welcher Kerl?«

»Na der Dicke! Der mit der Baskenmütze!«

Roman musterte erst mich, dann noch einmal eindringlich das Foto. »Im Ernst?«

»So wahr ich hier stehe!«

»Wo hast du das her?«

»Vom Schreibtisch meines Vaters.«

»Was hat denn der damit zu tun?«

»Eigentlich kann das nur bedeuten, dass dieser Dicke, Perjau, mit dem Fall zu tun hat, den mein Vater gerade bearbeitet.«

»Was für ein Fall?«

»Weiß ich nicht genau, es hat irgendwas mit gefälschten Bildern im Städel zu tun ...«

»Und jetzt?«

»Überlegen wir erst mal in Ruhe.«

Ohne Frau Werschke Gelegenheit zu geben, mir weitere Arbeiten aufs Auge zu drücken, zogen wir unsere Anoraks an und schnappten unsere Skateboards. Frau Werschke rief mir aus der Küche noch ein »Mittagessen um eins!« zu. Dann waren wir draußen. Beratschlagend rollten wir durch das Dichterviertel.

Wir fassten tausend Pläne und verwarfen zweitausend. Die Jungs aus der Klasse anheuern – Mark, Thorsten, Holger und die anderen? War sowieso keiner da von ihnen. Im Internet nach den Stichworten »Brauwasser« oder »Perjau« suchen? Doch meinen Vater einweihen? Oder der Polizei wenigstens einen anonymen Tipp geben? Aber woraus sollte dieser Tipp bestehen? Was wir wussten, war so gut wie nichts.

Als wir aus unseren Gedanken auftauchten, fanden wir uns vor der Ruine wieder. Wir blickten uns verwundert an, aber wo wir schon mal da waren, beschlossen wir, einen kurzen Gang durch »unsere Gemächer« zu unternehmen und nach dem Rechten zu sehen. Hinein gelangten wir wie immer durch das Fenster auf der Rückseite des Hauses, zu dem es sich erst durch dichtes Buschwerk vorzukämpfen galt. Das Fenster war nicht verschlossen, sondern nur in seinem Rahmen festgeklemmt und durch einen kräftigen Stoß zu öffnen. Dann war nur noch ein wenig Kletterarbeit zu bewältigen – für uns ein Klacks.

Die Skateboards ließen wir im Gebüsch unterhalb unseres geheimen Einstiegs zurück.

In die leeren und ausgekühlten Flure drang nur ein trüber Lichtschein, denn die Sonne hatte sich wieder hinter einen zähen Wolkenschleier verzogen. Auch das einsame Quietschen unserer

Sohlen machte uns frösteln. Wir schlichen durch den ersten Stock, der verlassen und düster dalag, und wir sperrten unsere Ohren auf und lehnten uns weit über die Treppengeländer, um vorsichtige Blicke durch das hintere Treppenhaus werfen zu können. Wenn auch das Erlebnis mit Rico und Alf länger zurücklag, wollten wir doch um nichts in der Welt ein neues Aufeinandertreffen riskieren.

Wie ein kalter Tropfen in den Nacken traf uns das Geräusch fremder Schritte. Langsame, schlurfende Schritte, wie sie jemand macht, der schwer trägt.

»... verdammt besser für euch, wenn Alf euch nicht zu sehen kriegt, glaubt mir« – diese Worte des Schielers klangen mir jetzt sehr lebendig in den Ohren; auch Roman schien sich hervorragend zu erinnern.

Neben uns stand die Tür zum hinteren Treppenhaus offen, und auf Zehenspitzen hasteten wir die Treppe hoch. Die Schritte folgten uns, langsam, doch unbeirrbar. Noch eine Treppe hoch, unters Dach. Schnell die Tür auf, ab durch den Flur und durchs vordere Treppenhaus wieder herunter. Aber die vermaledeite Tür rührte sich keinen Millimeter, so sehr wir auch zerrten und rüttelten. Zu spät fiel uns ein, dass es im Dachgeschoss gar keinen durchgehenden Flur mehr gab und nur vom vorderen Treppenhaus ein Teil der Dachräume erreichbar war. Wir saßen in der Falle. Höher und höher stieg unser Verfolger, näher und näher kamen seine Schritte, schwer und gleichmäßig. Entweder hatte er uns noch nicht bemerkt, oder er war sich so sicher, uns zu kassieren, dass er jede Hast für unnötig hielt. Konnte man kaltblütiger sein? Oder verzweifelter als wir?

Romans Lippen begannen ganz leicht zu beben. Ich packte ihn mit beiden Händen am Kragen.

»Hör zu«, zischte ich und schüttelte ihn, bis er meinen Blick, wenn auch zwinkernd, erwiderte, »sobald der Kerl den Treppenabsatz hier erreicht, rennen wir runter, rempeln ihn aus dem Weg und ab durch die Mitte! Kapiert?«

Roman schien durch mich durch zu blicken.

»Hast du das kapiert?!«, fauchte ich.

Nickte Roman, oder zitterte er? Mein Plan hörte sich einfach an, und für die Helden aus unseren Action-Filmen war er's sicher auch, nur war das hier zwar Action, aber kein Film. Hier standen bloß zwei ängstliche Dreizehnjährige, die sich Alf in den grausigsten Farben ausmalten.

Dann hörten wir ihn schon atmen, ja keuchte er nicht sogar vor Angriffslust? Wie um Himmels willen soll man eine Treppe hinunterstürzen mit Pudding in den Knien?

»Wo aber Gefahr ist, wächst das Rettende auch!«

Wieder kam dieser Satz hervor und schien so klar und einfach, dass er mir Kraft gab und Mut.

Die Schritte hatten den letzten Absatz erreicht. Ich packte Roman am Arm, brüllte und sprang wie ein Irrer die Stufen hinunter. Auf dem Treppenabsatz krachten wir bilderbuchmäßig in ihn hinein, er taumelte, ächzte und ging langsam zu Boden. Wir zwei beinahe auch, aber schon war ich, Roman im Schlepptau, halb die nächste Treppe hinuntergestürzt, als ein Stöhnen mich bremsen ließ, das nicht zu Alf passen konnte. Ich wirbelte herum. Wer da ächzend auf dem Hosenboden saß inmitten von einem halben Dutzend Tüten und Taschen und sich die Hüfte hielt, war niemand anderer als Hövermeier.

Die Kemenate

»Was um alles ...?«, stöhnte Hövermeier und rieb sich die Seite. »Seid ihr das, Roman und Muckel?«

Ich half ihm auf, während Roman sich um die verstreuten Tüten und Taschen kümmerte.

»Wir dachten, du bist jemand anderes ...«

»Momentan fühl ich mich auch wie jemand anderes! Ist das jetzt der neueste Sport, alte Leute umzurennen?«

Er streckte sich ächzend, hielt inne, betrachtete uns misstrauisch und brummte dann: »Liebe Güte, seid ihr groß geworden. Als ich euch das letzte Mal gesehen habe ... wen, wenn ich fragen darf, habt ihr erwartet, um ihn über den Haufen rennen zu können?«

In doppeltem Redetempo versuchten Roman und ich gleichzeitig, von unserer unheimlichen Begegnung mit dem Schieler zu erzählen. Hövermeiers Blick flackerte von mir zu Roman in dem vergeblichen Versuch, unserer Geschichte zu folgen.

»Jetzt mal Silizium, meine Herren«, unterbrach er uns schließlich und fischte aus den Tiefen seines fadenscheinigen Mantels ein übel anzusehendes Taschentuch, in das er sich ausgiebig schnäuzte.

»Ich verstehe kein Wort. Das besprechen wir lieber oben in meiner Kemenate.« Damit nahm er Roman die Tüten und die zerschlissene Rolltasche ab, die er liebevoll Hackenporsche zu nennen pflegte, und begann, die Stufen empor zu humpeln.

»Da oben ist zu.«

Roman hatte die Sprache wiedergefunden. Hövermeier drehte sich umständlich um.

»Was ihr Naseweise wisst, weiß ich schon lange. Na, kommt man mit, Jungs. Bei mir könnt ihr immer noch was lernen.«

Mit fettgedruckten Fragezeichen in den Gesichtern stiefelten wir Hövermeier hinterher. Oben angekommen, setzte er seine Habseligkeiten mit einem Seufzer ab.

»Jetzt, meine Herren, aufgepasst.«

Verschwörerisch grinsend zog er einen leicht gebogenen Draht aus seiner Hosentasche und stocherte damit zwischen Schloss und Rahmen herum. Nach wenigen Sekunden sprang die Tür auf, und Hövermeier nickte einladend.

Wir betraten einen kurzen Flur, von dem vier kleine Mansarden abgingen, und in eine von diesen lotste uns Hövermeier.

»Mein Refugium. Aber«, er sah uns durchdringend an, »das ist ein Geheimnis! Niemand darf davon erfahren! Sonst habe ich hier ruckzuck die Bude voller Obdachloser! Im Parterre hatten sie sich schon breitgemacht und alles zugemüllt. Hierher kommt mir keiner von denen!«

Hövermeier schien nicht im Traum einzufallen, dass er selbst ein Obdachloser war.

»Wieso haben wir dich hier nicht früher getroffen?«, fragte Roman.

»Man kann nie vorsichtig genug sein. Wer nicht Bescheid weiß, kann sich auch nicht verplappern.«

»Jetzt versteh ich«, warf ich ein, »wie du damals bei Mantjes Unfall plötzlich aufgetaucht bist. Du warst im Gebäude.«

Hövermeier verzog schmerzlich das Gesicht – wegen seiner Hüfte, wie ich glaubte. Erst viel später erfuhr ich den wahren Grund.

»Ja«, sagte er leise und blickte zu Boden, »außerdem bin ich nur hier, wenn es sehr kalt wird oder wenn ich allein sein möchte. Na, was guckt ihr? Auch ein alter Landstreicher wie ich will mal für sich sein.«

Ein großes Gaubenfenster spendete selbst an diesem trüben Tag freundliche Helligkeit. Der alte Linoleumfußboden war übersät mit Scharten und kleinen Brandflecken, schien aber sonst ziemlich sauber. Die Reste der einstmals weißen Tapete waren vollgekritzelt. Rechts unterhalb des Fensters lagen zwei oder drei mottenzerfressene Decken übereinander, unterpolstert von mehreren Lagen alten Zeitungspapiers; obendrauf fanden sich zwei erbärmlich abgenutzte Kissen. Daneben dienten zwei umgedrehte hölzerne Weinkisten als Nachttisch, darauf eine übergroße leere Weinflasche mit abblätterndem Etikett »Lambrusco« und erstarrten Strömen von Kerzenwachs.

Am Fußende des Deckenlagers stand ein Schachbrett mit abgelaugten Figuren, anscheinend mitten im Spiel verlassen. Bei näherem Hinsehen erkannte ich ein paar Mensch-ärgere-dich-nicht-Figuren, die als Bauern herhalten mussten. Der schwarze König hatte seine Krone und die weißen Türme so manche Zinne verloren. Daneben lag eine Versammlung von Eselsohren, die sich als abgegriffenes Buch entpuppte; es musste seine Deckel schon lange eingebüßt haben und trug den Titel: »Meisterpartien Band 2: Capablanca und Lasker«.

Bescheidenen Luxus gab es auch: ein antikes Transistorradio, überzogen mit einem Schleier aus winzigen weißen Farbklecksen, das nur noch über eine abgebrochene Antenne verfügte; außerdem ein kleiner Camping-Gaskocher.

Hövermeier ließ seine Lasten fallen, zog sich die Pudelmütze vom Kopf und die abgeschnittenen Fingerhandschuhe von den Händen. Jetzt sah man, dass er sich in der Zwischenzeit verändert hatte. Eine Sorgenfalte auf der Stirn hatte sich tief eingegraben, die Wangen waren eingefallen, und unter den Augen lagen dunkle Ringe.

»Macht's euch bequem«, lud er uns ein, worauf Roman und ich uns auf sein Deckenlager setzten. Dann durchwühlte er seine Tüten, zog drei mächtige Messkerzen heraus, hockte sich neben uns und begann, mit einem rostfleckigen Taschenmesser die Kerzen in kleinere Stücke zu säbeln.

»Der Pfarrer von Sankt Albertus ist ein alter Freund von mir«, brummte er.

»Jetzt erzähl uns erst mal, wie du aus dem Knast ausgebrochen bist!«

Hövermeier lachte. »Ausgebrochen? Liebe Güte, wie kommst du darauf? Der alte Hövermeier ist ganz brav zur Pforte rausmarschiert, wie es sich gehört.« Plötzlich verdüsterte sich seine Miene. »Woher zum Teufel weißt du eigentlich …«

»Na, von meinem Vater, der ist bei der Polizei. Hab ich dir doch mal erzählt …«

»Hm, dann wisst ihr auch, weswegen ich drin war?«

Roman nickte. »Weil du einen Briefkasten angezündet haben sollst.«

»Stimmt«, kicherte Hövermeier. »Aber nee, das war so: Ich komme am Sonntag gerade mit meinem Hackenporsche von hier und will meine Papierkorbtour machen. Aber vom Taunus her bläst es so kalt, dass ich kehrt machen und meine Tour auf den nächsten Tag verschieben will – da seh ich in der Plieningerstraße doch einen Kerl am Briefkasten stehen, schmeißt irgendwas Brennendes in den Kasten und haut ab.«

Ich glotzte Roman an und er mich.

»Also kein Sprengstoffbrief!«, sagte ich.

»Sprengstoffbrief? Ach wo, das war nur ein brennendes Stück Papier oder so was.«

»Und weiter?«

»Na, ich bin natürlich erst mal ziemlich platt, was das denn für Sitten sind. Aber dann denke ich mir, zu retten ist ohnehin nix mehr, da kann ich mir ruhig meine klammen Vorderfüße aufwärmen. Ich gehe also hin und halte meine Finger ein bisschen dran, und gerade als mir angenehm warm wird, kommen die Herren in Grün und sacken mich ein.«

»Hast du denen denn nicht gesagt –«

»Klar hab ich«, sagte Hövermeier und pulte die Dochte seiner Kerzenteile frei. »Aber die glauben einem wie mir sowieso nix, und außerdem …«

»Außerdem?«

»Na, ich dachte mir: Ist vielleicht gar nicht so übel im Knast, wenigstens über die kalten Tage …«

»Versteh schon. Und warum bist du dann so schnell wieder rausgekommen?«

»Tja, ich hab in der Zelle einen alten Bekannten getroffen, Rontrus aus Eckenheim. Und ohne dass ich ihm auch nur ein Sterbenswörtchen erzähle, sagt der mir auf den Kopf zu: ›Hövermeier, das warst du nie und nimmer.‹ Und ich solle mir das Geständnis noch mal gut überlegen, denn Vernichtung von Postgut sei keine Kleinigkeit, und ich säße noch im Knast, wenn die Osterglocken blühen. Tja, da hab ich mir das eben noch mal überlegt. Beweise gegen mich gab's ja keine.«

»Hast du der Polizei den Kerl beschrieben, der es gewesen ist?«, fragte ich.

Hövermeier zögerte, warf mir einen merkwürdigen Blick zu und vertiefte sich kopfschüttelnd in seine Kerzenschnitzereien. »Konnte nix sehen, war zu dunkel, zu weit weg.«

Nach einer Weile blickte er wieder auf. »Aber jetzt müsst ihr mir noch mal ganz langsam erklären, warum ihr mich auf der Treppe umgerannt habt.«

Wir berichteten von unserer Begegnung mit dem schielenden Kartonträger und von Alf, den wir nie zu Gesicht bekommen hatten. Hövermeier hörte aufmerksam zu, ohne Überraschung zu zeigen. Als wir geendet hatten, kratzte er sich am Kopf, stemmte sich hoch und stellte einige seiner Schnittkerzen im Raum verteilt auf, zwei auf den Weinkistennachttisch, den Rest packte er wieder weg.

»Meine Heizung«, feixte er und machte sich daran, die aufgestellten Kerzen nacheinander mit einem angerosteten Feuerzeug anzuzünden. Dann verschwand das Schmunzeln wieder aus seinem Gesicht, die Sorgenfalte vertiefte sich.

»Dieser Mann hatte Recht mit dem, was er sagte: Besser, ihr vergesst diese unselige Begegnung.«

»Wie meinst du das, Hövermeier?«, fragte Roman, und ich fragte: »Soll das denn heißen, dass wir nie mehr hier spielen können?«

Hövermeier nickte ernst und steckte sein Feuerzeug ein. »Ich weiß, dass hier ab und zu Männer auftauchen, auch wenn sie sich Mühe geben, nicht entdeckt zu werden. Ich weiß nicht, was sie in ihren Kartons hin und her schleppen und will's auch gar nicht wissen, aber gut Kirschen essen ist mit diesen Gangstern nicht – so viel steht fest.«

»Richtige Gangster? Woher weißt du das?«

»Na, das ist doch sonnenklar, dass die was zu verheimlichen haben, und ...«

»Und?«, beharrte Roman.

Hövermeier warf mir wieder diesen merkwürdigen Blick zu und antwortete nach einigem Zögern: »Und außerdem war einer von ihnen ...«

»Ja?«

Hövermeier seufzte. »Es war einer von ihnen, der den Briefkasten angezündet hat.«

Mit einem Schlag glaubte ich Hövermeier, dass diese Kartonschlepper keine kleinen Hühnerdiebe waren. Wenn der Unangenehme mit dem Regenmantel da mit drinsteckte, dann hieß es ohne Zweifel allerhöchste Vorsicht!

»Wie sind die Kerle eigentlich hier reingekommen?«

Hövermeier schürzte die Lippen. »Vermutlich genauso wie ich.«

»Und wie bist du reingekommen?«

»Na, durch die Eingangstür ...«

»Aber die ist doch verschlossen! Man hat damals neue Schlösser –«

»Tja, einen kleinen Trick muss man schon anwenden! Tatsächlich ist die Tür gar nicht verschlossen. Es ist ein Schnappschloss, und außen ist bloß ein Knauf montiert, aber innen ist eine Klinke.«

»Aber da kommt man doch nicht dran.«

»Eben doch, wenn man rechts neben der Tür durch die alten Briefkastenschlitze greift. Die Kästen dahinter fehlen schon lange. Ist ziemlich eng, aber mit ein bisschen Geschick geht es. Das habt ihr nicht gewusst?«

»Nein.«

»Und wie seid ihr hier reingekommen?«

Ich erzählte Hövermeier von unserem Geheimfenster. Roman war seltsam still geworden. Die ganze Zeit blickte er durch Hövermeier hindurch.

»Ich glaube, ich weiß, was in den Kartons ist«, sagte er schließlich.

Hövermeier und ich schwiegen gespannt.

»Da sind Bilder drin. Die geklauten Bilder aus dem Städel!«

Hövermeier verstand gar nichts, und mir verschlug es die Sprache. Zum Donnerwetter, Roman hatte womöglich Recht! Die Kartons hatten die richtige Größe und Form. Ich war sofort Feuer und Flamme. Okay, dass der Unangenehme damit zu tun hatte, machte die Sache gefährlich, aber auch aufregend.

»Hövermeier, glaubst du nicht, dass die Kartons irgendwo im Keller sind?«

»Möglich ...«

»Warum suchen wir nicht zusammen? Roman und ich sind gut im Suchen!«

Hövermeier schüttelte müde den Kopf. »Jungs, lasst die Finger von der Sache. Wenn die euch erwischen – das sind Leute, die nicht lange fackeln.«

Hövermeiers Mahnungen kamen zu spät. Die Abenteuerlust hatte mich gepackt.

»Einer von uns steht Schmiere, und die anderen durchsuchen das Kellergeschoss. Ich habe eine sehr gute Stablampe zu Hause ...«

»Jetzt bleib auf dem Teppich«, versetzte Hövermeier in einer Schärfe, die meinen Eifer dämpfte. »Schlag dir das aus dem Kopf. Der Kerl, der den Briefkasten angezündet hat, glaub mir, wenn du ihn gesehen hättest, würdest du nicht so reden.«

»Ich habe ihn gesehen.«

»Was sagst du da?«

Jetzt war es an der Zeit, Hövermeier von meinen Beobachtungen in der Plieningerstraße, von dem Zeitungsartikel und von den Diebstählen im Städel zu erzählen. Also holte ich tief Luft.

Das Versteck

Hövermeier kratzte sich seinen grauen Bart. »Seltsam, dass ich dich am Briefkasten nicht gesehen habe. Das gefällt mir alles ganz und gar nicht. Du glaubst also, Roman, dass dieser Bursche mit der Baskenmütze – Perjau – die Fälschungen gemalt hat, die später im Städel aufgeflogen sind? Und in den Kartons, von denen wir reden, befinden sich die echten Bilder?«

»Haargenau.«

»Aber was soll diese Geschichte mit dem Briefkasten bedeuten? Und warum bedrohen die Ganoven einen Komplizen mit der Waffe?«, fragte ich.

Roman zuckte die Achseln. »Wahrscheinlich haben sie sich um den Anteil an der Beute gestritten. Das machen Verbrecher doch immer.«

»Oder der Unangenehme war sauer auf Perjau wegen dieser komischen Fehler auf den Bildern, weißt du? Falsches Datum, falsche Unterschrift und so was.«

»Genau, und darum wollte er von ihm seinen Anteil zurückhaben. Aber wozu das Feuer im Briefkasten?«

Hövermeier hörte auf, seinen Bart zu kraulen. Er hob Einhalt gebietend die Hand und begann, langsam auf und ab zu gehen. Seine Stimme sank in die Tonlage eines Lehrers, der seinen Schülern einen Vortrag hält.

»Moment, Jungs, denkt mal einen Augenblick nach. Stell dir vor, Muckel, du bist ein erstklassiger Maler, was sag ich, ein Genie. Du bist imstande, die berühmtesten Gemälde der Welt so nachzumalen, dass dir selbst die Fachleute auf den Leim gehen. Aber selbst ein Könner wie du kritzelt so was nicht mal eben vor dem Abendbrot hin; du brauchst Sorgfalt und Geduld, und das nicht zu knapp. Du bist ein alter Hase, deinem erfahrenen Auge entgeht kein Pinselstrich, nicht der kleinste Klecks. Du krempelst also die Ärmel hoch, und hinterher kann's nicht mal der Städeldirektor vom Original unterscheiden. Aber dann schlampst du bei der Signatur?«

»Klingt nicht sehr überzeugend.«

»Nee, Jungs, das war kein Versehen. Das war Absicht.«

»Absicht?«

Hövermeier, der stehen geblieben war, nahm seine Wanderung wieder auf. »Weiter angenommen, du hättest deine Fälschung fertig. Zufrieden stellst du fest: Sie ist vom Original nicht zu unterscheiden. Du wolltest aber, dass gewisse Leute sie trotzdem als Kopie erkennen können.«

»Na, ich würde eben ›Kopie‹ oben drüber pinseln.«

»Schön, aber nehmen wir an, nicht jeder soll von der Täuschung erfahren.«

Wir dachten kurz nach. Roman sagte: »Man könnte denen einen Brief schreiben, die –«

Hövermeiers Zeigefinger pendelte hin und her wie ein Metronom. »Nicht erlaubt. Die Botschaft muss im Bild versteckt werden.«

Roman blies die Backen auf. »Das ist 'ne harte Nuss, Hövermeier.«

»Das ist es. Doch es gibt eine Möglichkeit. Riskant, aber du hast keine Wahl, denn dein Leben hängt womöglich davon ab.« Hövermeier legte seine Fingerspitzen gegeneinander. »Du denkst fieberhaft nach. Der gewöhnliche Betrachter, überlegst du, sieht sich die Menschen an oder die Landschaften und Häuser, die Farben und Lichter. Wer achtet schon auf die Signatur? Erstens kann man sie aus normaler Entfernung kaum entziffern, zweitens ist sie sowieso meist unleserliches Gekritzel. Du könntest also die Signatur vorsichtig verändern. Zum Beispiel könntest du aus einer Drei eine Acht machen oder aus einem i ein l.«

Roman pfiff leise. »Du meinst also, dieses falsche Datum, diese falsche Unterschrift – das sind verschlüsselte Botschaften?«

Hövermeier nickte bedächtig.
»Aber was für Botschaften, und für wen?«, fragte ich.
»Nee, nee, die entscheidende Frage ist: für wen nicht?«
»Jetzt kapier ich nur Bahnhof.«
»Die Sache wird klar wie Kloßbrühe«, fuhr Hövermeier fort, »wenn ich dir jetzt sage, dass man dich zum Malen erpresst hat. Diese Botschaften sind deine Hilferufe, und deine Erpresser dürfen sie nicht bemerken.«
Vor meinem inneren Auge tauchte der Mann mit der Baskenmütze auf, eingekeilt zwischen den zwei Verbrechern, und sein angsterfüllter Blick ließ mich in der bloßen Vorstellung noch erschauern. Ich sprang auf. Hövermeier hatte mich überzeugt, auch wenn das Feuer im Briefkasten noch immer ein Rätsel blieb.
»Wir haben keine Zeit zu verlieren. Wir müssen runter und die Bilder suchen.«
Hövermeier legte seine Stirn erneut in Falten. »Fängst du schon wieder an …«
Aber ich kam jetzt in Fahrt. »Wir müssen etwas unternehmen. Wir wissen, dass dieser Maler Hilfe braucht. Aber wo er steckt, davon haben wir nicht die leiseste Ahnung. Die Bilder sind unser einziger Anhaltspunkt. Wir müssen sie finden. Wenn die Gangster erst alle Bilder geklaut haben, ist das Leben des Dicken keinen Heller mehr wert.«
Hövermeier schüttelte schweigend den Kopf und sah abwechselnd mich und Roman an. Aus seinen Mundwinkeln lugte ein schwaches Grinsen.
»Gut gebrüllt, Mister Holmes«, seufzte er schließlich, »also dann los.«
Das ließen Roman und ich uns nicht zweimal sagen, nur machte uns zappelig, wie langsam und bedächtig Hövermeier die Treppen herunterhumpelte.
Im Kellergeschoss empfing uns Düsternis. Lichtschalter funktionierten nicht. Die wenigen kleinen Fenster schien Ge-

strüpp von außen vollkommen zugewuchert zu haben. Wir begriffen schnell, dass wir auch mit Hövermeiers Kerzen nicht viel ausrichten würden. Weil es ohnehin Mittag war und Frau Werschke mit dem Essen wartete, verabredeten wir, die Suche am Nachmittag mit Taschenlampen fortzusetzen.

»Ist recht Jungs, ihr wisst ja, wo ihr mich findet«, seufzte Hövermeier und machte sich daran, die Treppe wieder hinaufzusteigen.

In letzter Sekunde

Ich muss gestehen, dass meine Tischsitten beim Mittagessen nicht Frau Werschkes Billigung fanden. Mehr als einmal ermahnte sie mich, nicht mehr auf die Gabel zu nehmen, als meine Kiefer bewältigen konnten, und jeden Bissen wenigstens zweimal zu kauen. Dass ich mir den Mund im Aufstehen abwischte und dringend bat, vorzeitig den Tisch verlassen zu dürfen, versöhnte sie ebenfalls nicht. Aber ich brannte einfach darauf, nach den Bildern zu suchen.

Ich will gar nicht leugnen, dass mir der Gedanke an das Kellergeschoss ein mulmiges Gefühl verursachte. Vielleicht hatte Thorsten Kleber ja doch Recht, und wir stolperten dort über eine gut sortierte Sammlung Totenschädel. Mit Hövermeier einen Erwachsenen dabeizuhaben, beruhigte allerdings etwas, auch wenn ich mir den alten Mann als wehrhaften Beschützer nur schwer vorstellen konnte.

Ich hatte nicht erwartet, die Früchte des Zimmeraufräumens so früh ernten zu können: Meine Taschenlampe musste ich keine fünf Sekunden suchen. Die Batterien waren natürlich leer, aber dank Frau Werschkes generalstabsmäßiger Haushaltsplanung fand sich Ersatz im Vorratsschrank. Schon klingelte ich bei Thalers, und nach weiteren zehn Sekunden war Roman unten, ebenfalls mit einer klobigen Taschenlampe bewaffnet.

Diesmal nahmen wir die Fahrräder. Nach gut zehn Minuten stürmten wir in der Ruine die Treppe hinauf, um Hövermeier abzuholen. Eingerahmt von seinen Kerzen, lag er bäuchlings vor seinem Schachbrett und studierte nach dem zerfledderten Buch die Züge der Meister.

Am liebsten hätte ich Hövermeier zur Eile angetrieben, aber seine aufreizende Langsamkeit beim Treppenabstieg hatte ihre

Ursache zweifellos in seinen Hüftschmerzen, und die wiederum hatten ihre Ursache zweifellos in unserer Rempelei auf dem Treppenabsatz.

Unten im Keller entdeckten wir eine fremde Welt. Zwar offenbarte sich unseren Lampen nichts Außergewöhnliches, aber die Spinnweben und die mächtigen Staubschichten wirkten wie wuchernde Korallenbänke auf einem Schiffswrack, das zum ersten Mal seit Jahrhunderten ein Lichtstrahl trifft. Und wir waren Abenteurer, tollkühne Unterwasserforscher, die sich als Erste in unbekannte Tiefen wagten.

Der trockene Mief holte mich allerdings schnell in die Wirklichkeit zurück, genau wie das nervenzerrende Scheppern, wenn unsere Füße gegen zurückgelassenen Plunder stießen.

Es gab aber auch noch andere Geräusche: leises Scharren, wie es Füße kleiner vorbeihuschender Tiere verursachen. Ich schluckte. Wer Verbrecher jagen will, darf sich vor Mäusen nicht fürchten.

Meine Güte, wie viele Räume! Darin konnten wir tagelang suchen; doch nach und nach stellte sich heraus, dass etliche Räume völlig leer waren; andere enthielten nichts, worin man einen großen Karton verstecken konnte. In den übrigen standen meist Schränke; außerdem gab es zwei, drei Lagerräume voller Regale.

Das mit dem Schmierestehen hatten wir vergessen, und das sollten wir noch büßen. Anfangs hielten wir drei uns hübsch beieinander, aber rasch fühlten wir uns sicher, und so betrat ich allein eine der letzten übrig gebliebenen Kammern. An der Seitenwand tauchte im Lichtkegel meiner Lampe ein deckenhoher zierloser Holzschrank auf, grau, verkratzt und mit abblätternder Farbe. Ich legte meine Finger um die Knaufe. Die Türen klemmten, also rüttelte ich kräftig, und dann sah ich nur das Aufblitzen von einem Paar pechschwarzer Augen, eine dämonische, haarige Fratze, die vor meinem Gesicht hin und her tanzte und mich markgefrierend anfauchte.

Die Schranktüren knallten gegen ihre Anschläge, ich prallte

mit einem Aufschrei zurück und ließ die Taschenlampe fallen. Ich stieß mir den Kopf und verlor kurz die Besinnung.

Als ich wieder zu mir kam, umgab mich Dunkelheit. Verbrecher, Diebesgut, Revolver – mit allem hatte ich gerechnet, aber nicht mit diesem Teufelswerk. Ich zitterte am ganzen Körper und schrie aus Leibeskräften.

Ein tanzendes Licht tauchte auf. Dann erkannte ich die Umrisse einer Tür. Das Licht kam durch diese Tür, blendete mich.

»Muckel, was ist los?«

Roman! Lieber, guter Roman! Hatte ich mich je über sein Kommen so gefreut? Und Hövermeier – ja, jetzt erinnerte ich mich wieder. Die Bilder! Wir waren zusammen im Keller der Ruine, um die Bilder zu suchen. Ich bemerkte, dass ich auf dem Boden saß, mit dem Rücken zur Wand. Hövermeiers Umriss verdunkelte den Lichtkegel, als er auf mich zutrat und mir aufhalf.

»Was ist denn nur passiert, Junge?«

Ich weiß nicht, ob er aus meinem Stammeln und Gestikulieren schlau wurde, jedenfalls öffnete er den Schrank und leuchtete hinein. Ich spannte alle Muskeln an, doch der Strahl der Taschenlampe zeigte uns nur ein tennisballgroßes Loch in der Rückwand, das sich offenbar in die Mauer fortsetzte. An den Rändern des Lochs und auf dem Schrankboden fanden sich Getreidekörner und Schaumstofffetzen.

»Ratten«, stellte Hövermeier nüchtern fest. »Hast du dich vor denen so erschreckt?«

Am liebsten hätte ich die Suche aufgegeben, aber ich biss die Zähne zusammen. Nur allein vorauszugehen, das traute ich mich nicht mehr. Wenn wir jetzt einen verschlossenen Schrank fanden, klopften wir erst kräftig dagegen, ohne allerdings noch einmal auf Rattenspuren zu stoßen.

Nach einer weiteren Viertelstunde hatten wir alles durchsucht.

»Das war nicht sehr erfolgreich«, sagte Hövermeier, »vielleicht sind sie doch woanders versteckt.«

»Nein«, widersprach ich, »als wir im Sommer mit Rico zusammengestoßen sind, war er auf dem Weg in den Keller. Wenn die Bilder noch hier sind, dann hier unten.«

Wir unterzogen die Räume also einer erneuten Untersuchung, und tatsächlich – weil wir diesmal die Wände abklopften – rief Roman uns nach einer Weile aufgeregt zu sich.

In einem der Lagerräume hatte er an der Stirnwand offenbar einen Hohlraum entdeckt. Jetzt bemerkten wir auch, dass dort eine fast neue Raufasertapete hing.

Hövermeier untersuchte die Wand gründlich und deutete auf etwas, das wir bei näherem Hinsehen als haardünne Fuge erkannten. Unter der Tapete verbarg sich eine Klappe oder Tür. Aufgeregt versuchten wir unser Glück mit den Fingernägeln, dann kramte ich meinen Schlüsselbund hervor und versuchte, damit die Tür aufzuhebeln.

Plötzlich horchte Hövermeier auf. »Seid mal leise, Jungs!«

Wir hielten mitten in der Bewegung inne. Er legte den Finger auf die Lippen, und dann hörten Roman und ich es auch: Motorengeräusch.

»Los«, beeilte sich Hövermeier, »raus hier.«

Wir zögerten keine Sekunde, aber der Weg nach oben war bereits versperrt. Schritte hallten durchs Treppenhaus. Kurz entschlossen hasteten wir in einen der gegenüberliegenden Kellerräume. Aber wo war mein Schlüsselbund? Großer Gott, er musste noch in der Fuge stecken!

»Wartet hier!«

Ohne auf Hövermeiers entsetzte Warnung zu achten, stürzte ich wieder hinaus und war mit zwei Schritten zurück im Lagerraum. Die fremden Schritte kamen die Kellertreppe herunter. Mein Schlüssel – ja, da klemmte noch der Bund. Doch schon tanzte im Kellervorraum der Widerschein einer Taschenlampe. Schnell knipste ich meine Lampe aus, quetschte mich in äußerster Hast hinter einen Mauervorsprung und hielt den Atem an.

Ein Lichtkegel drang in den Raum, zwei oder drei Männer

folgten. Einige Sekunden war es totenstill, dann stieß jemand einen unterdrückten Fluch aus.

»Wa-was hat das zu bedeuten?«

Die Stimme kannte ich. Es war die von Rico, dem Schieler, mit dem wir damals im Treppenhaus zusammengestoßen waren.

»Was das zu bedeuten hat? Bist du schwer von Begriff? Jemand hat versucht, mit diesem Schlüssel die Tür aufzuhebeln!«

Das wiederum musste Alf sein. Ich hätte nur ein bisschen um die Ecke spähen müssen, um ihn endlich einmal zu Gesicht zu bekommen. Aber dazu hatte ich nicht die geringste Lust. Ich drückte mich, so platt es irgend ging, gegen die eiskalte Kellermauer und kniff die Augen zusammen.

Meine zweijährige Cousine Svenja kam mir in den Sinn, die sich immer für unsichtbar hielt, wenn sie ihre Augen mit den Händen bedeckte. Ich belächelte sie immer dafür, aber wie wünschte ich jetzt, es würde funktionieren!

Alf redete weiter: »Ich hab's doch gesagt, Boss, das hier ist nicht sicher. Wir hätten nach dem Städel aufhören sollen. Die sind uns schon auf der Spur!«

Alfs Stimme war gewiss nicht besonders angenehm, aber der reinste Engelsgesang gegen die dritte Stimme, die ihm jetzt antwortete:

»Zerbrich dir nicht meinen Kopf, Alf, dafür ist dein Hirn nicht geschaffen. Uns auf der Spur? Mit einem Schlüsselbund? Red keinen Blödsinn. Hast du nicht draußen die beiden Fahrräder gesehen? Irgendwelche Gören waren das. Ein Grund mehr, dass das Zeug hier weg muss.«

Diese Stimme würde zu dem Briefkastenanzünder passen wie die Faust aufs Auge: oberflächlich unauffällig, doch von einer abgründigen Bosheit.

»Möchte nur wissen, wie die reingekommen sind. Anscheinend haben wir sie überrascht. Sie können nicht weit sein ... Moment mal ...« fuhr die Stimme leise drohend fort, »seht mal ganz genau hin! Dieser Schlüsselbund wackelt ja noch.«

Der Besitzer der Stimme ließ ein leises, teuflisches Lachen hören und sagte dann: »Ich möchte wetten, der Missetäter ist nicht weit. Ich wette, er ist noch hier im Raum.«

Alles schwieg, und in die unerträgliche Stille sagten meine Lippen ein lautloses: »Papa.«

Seit meine Mutter fortgegangen war, gab es einen Papa nicht mehr, nur noch Vati; ich könnte nicht sagen, warum. Aber jetzt zogen mir Bilder von damals durch den Kopf, als Vati noch Papa hieß. Zu dritt unterm Tannenbaum, Papa, Mama und ich, alle schon vom Punsch getrunken, und wir lachen uns kaputt über unsere Spiegelbilder in den Christbaumkugeln. Tannennadeln duften halb angesengt, ein Chor singt »Jauchzet, frohlocket«.

Hier, im eiskalten Keller der Ruine, der durch den bloßen Klang einer Stimme scheinbar noch einige Grade kälter geworden war, hier setzten sich Schritte in Bewegung, und das grausame Ende des Mirko M. aus F. – so würde es sicher in der Zeitung stehen – stand unmittelbar bevor.

Ein unbezähmbares Zittern ergriff meinen Körper, ich umklammerte die Lampe, dass ich einen Krampf im Unterarm bekam. Die Männer bewegten sich auf mein Versteck zu wie die Katze auf den Sperling. Zwischen den Regalböden hindurch konnte ich ihre Beine sehen.

Wie ein zähnefletschender Tiger aus dem Dschungel, so brach aus dem Dickicht meiner Gedanken das Bild eines Revolvers hervor, des Revolvers, den Perjau in seinem Rücken gefühlt hatte.

Leb wohl, Papa, dachte ich, hätte nicht gedacht, dass es einmal so endet. Hast du nicht gesagt, Diebe und Betrüger kann man nicht von Leuten wie unserem Postboten unterscheiden?

Der Erste der Männer hatte jetzt die Regalreihe neben dem Mauervorsprung erreicht. Er sah nach links, sah nach rechts, und dann sah er mich. Es war der Schieler. Gleich würde er rufen: »Hier ist der Bengel!«

Aber er rief nicht.

Er stand nur da und sah mich mit seinem Silberblick an, ja es schien, als sei er es, der verzweifelt einen Ausweg suchte und nicht ich. Schon machte der Nächste der Männer einen Schritt.

In diesem Moment krachte oben eine Tür. Sofort hielten die Schritte inne.

»Los!«, fauchte die grausame Stimme. »Holt mir die verdammten Kerle!«

Rico der Schieler sagte immer noch nichts, rief nicht: »Hier steht er doch, Boss, wir haben ihn!« Nein, er schwieg, und bald klapperten seine Sohlen mit denen seiner Komplizen in wilder Jagd die Kellertreppe hinauf.

Es war jetzt ganz still in dem Raum. Ich kann es zwar nicht erklären, sagte etwas Leises, aber Bestimmtes in meinem Gehirn, aber dies ist deine Chance. Sieh zu, dass du hier rauskommst.

Ich kann keinen Muskel rühren, antwortete mein eigentliches Ich, ich fühle mich, als hätte ein Riese versucht, mich mit dem Rührlöffel in einem Glas Wasser aufzulösen.

Wenn du nicht bald in die Gänge kommst, brauchst du nie mehr in die Gänge zu kommen, sagte die erste Stimme.

Unter größtem Zwang brachten meine musweichen Beine tatsächlich so etwas wie Bewegung zustande. Ich zog meinen Schlüssel, den die Verbrecher nicht angerührt hatten, aus der Fuge und zitterte mich tastend die Kellertreppe hoch, denn ich wagte nicht, die Taschenlampe einzuschalten.

Es war bereits dämmrig geworden, und ich sah durch das Drahtglas des Haupteingangs die Umrisse eines Mannes – ohne Zweifel der Regenmantelkerl. Er stand mit dem Rücken zum Haus und schien Alf und dem Schieler mit Rufen und Gesten Befehle zu erteilen. An ihm war nicht vorbeizukommen – aber das brauchte ich zum Glück ja nicht. Unbemerkt huschte ich in den Raum des Erdgeschosses, in dem unser geheimes Zugangsfenster war. Behutsam öffnete ich es, kletterte aufs Fensterbrett und zog es von außen wieder zu, so weit das möglich war, ohne rechten Griff und sicheren Stand zu haben, aber darin hatten wir ja einige Übung. Ein Sprung, und ich befand mich an der Rückseite des Hauses, hinter dichtem Buschwerk, wo ich aufatmen konnte. Ich lehnte mich an die Mauer und sank zeitlupenmäßig in die Knie. Nervös tanzten die Wölkchen meines Atems in den dunklen Himmel. Waren Hövermeier und Roman einfach abgehauen? Hatten sie mich im Stich gelassen? Und musste ich ihnen dafür noch dankbar sein?

Jagdwild

Ich wagte nicht, mich zu rühren. Von der anderen Seite des Hauses schallten Rufe herüber, die sich rasch entfernten. Nach etwa fünf Minuten tiefer Stille hörte ich Alf und Rico wieder herankeuchen. Viel konnte ich nicht verstehen, aber das haarsträubende Gebell, dass der Gangsterboss ihnen entgegenschleuderte, ließ keinen Zweifel daran, dass Roman und Hövermeier entwischt waren und dass er darüber alles andere als erfreut war. Beinahe taten Alf und Rico mir Leid. Es wurde wieder still.

Mein Atem beruhigte sich allmählich. Während ich versuchte, einen klaren Gedanken zu fassen, bemerkte ich neben mir einen schwachen Lichtschein. Er drang aus einem kleinen Kellerfenster, und ein vorsichtiger Blick hindurch zeigte mir den Raum, in dem ich gerade noch wie die Maus in der Falle gesessen hatte. Im matten Licht einer gegen die Decke gerichteten Taschenlampe erkannte ich den Riesen mit den Boxerschultern – das also war Alf! –, den Regenmantelkerl und den Schieler Rico. Kein Ton drang durch die schmutzige Glasscheibe, aber selbst Alf schien sich unter den Worten seines Bosses, den er um Haupteslänge überragte, zu ducken wie unter Peitschenhieben; auch Rico blickte meist zu Boden und zuckte nur hin und wieder hilflos die Schultern. Plötzlich stutzte der Boss, gebot mit einer schnellen Geste Ruhe, und dann senkte sich seine Taschenlampe, um die Wand mit der Geheimtür zu beleuchten. Aber da war nichts weiter, bloß eine weiße Wand. Es dauerte ein paar Sekunden, bis mir dämmerte, dass er genau das meinte: Nicht da war – mein Schlüssel! Seine Taschenlampe schoss Lichtbündel in alle Ecken. Jetzt schlichen die Männer nicht mehr. Lautes Scheppern drang heraus, als sie wütend die Regale umwarfen und jeden Winkel des Raumes durchkämmten. Dann jagte der Boss seine Komplizen erneut hinaus auf die Suche. Auf die Suche nach mir.

Eine derbe Hand legte sich von hinten um meinen Mund. Mein Herz wollte schier durch die Brustwand brechen.

Da tauchte das Gesicht Hövermeiers aus dem Dunkel auf, den Zeigefinger auf den Lippen. In meinen Adern fuhr das Blut Achterbahn, und im Moment gerade bergab.

»Schhhh!«, zischte er und warf einen Blick durch das Kellerfenster. »Sie suchen nur im Gebäude. Der Bursche hat sicher die ganze Zeit den Eingang bewacht. Deswegen vermutet er dich noch da drin.«

»Wo ist Roman?«

»Ich habe ihm gesagt, er soll beide Räder mitnehmen und so viel Krach wie möglich machen. Die beiden Kerle sind darauf reingefallen! Ich dachte mir, dass du zu eurem Fenster rauskommst. Aber wir haben jetzt keine Zeit für Geplauder. Roman wartet im Grüneburgpark an der Brücke zur Bundesbank. Los!«

»Kommst du nicht mit?«

»Einer muss hier bleiben. Jetzt, wo ihr Versteck bekannt ist, werden die Kerle alles da unten im gestreckten Galopp ausräumen. Ich versuche, wenigstens das Nummernschild ihres Wagens rauszukriegen. Kommt morgen in meine Kemenate. Und jetzt ab mit dir!«

Als ich seinem Befehl gehorchen wollte, hörten wir aus dem Raum über uns eine Türklinke hart anschlagen und eilige Schritte scharren.

»Verdammt«, fluchte Alf, vor Anstrengung schwer atmend, »die Bengel können sich doch nicht in Luft aufgelöst haben! Gibt's irgendwo noch einen Raum?«

»Ich sag dir, die sind längst verduftet«, keuchte Rico.

»Aber wie?«, grunzte Alf, und der nahe Klang seiner Stimme ließ keinen anderen Schluss zu, als dass er sich gerade an der Fensterscheibe die Nase platt drückte, zwei Meter über uns.

Wenn er jetzt auf die Idee käme, das Fenster zu öffnen? Bestimmt hatte ich es in der Aufregung gar nicht richtig zugezogen! Bestimmt fiel ihm das in genau diesem Moment auf – oder warum herrschte über unseren Köpfen plötzlich Schweigen? Hövermeier und ich rührten nicht die kleinste Faser, wir atmeten nicht, womöglich hörten unsere Herzen für eine Weile auf zu schlagen.

»He!«, rief Alf. »Das Fenster hier ist gar nicht richtig zu!«

Das Fenster quietschte leise in seinen Angeln; jetzt hörten wir die Unterhaltung der Gauner, als säßen wir mit ihnen am Kaffeetisch.

Flehend blickten Hövermeier und ich himmelwärts, wie zwei Wanderer, die sich während eines Bergrutsches unter einen winzigen Überhang quetschen und nun genau über ihren Köpfen einen sachte schwankenden Felsbrocken entdecken. Wir sahen den schwarzen Umriss von Alfs Schädel; er beugte sich aus dem Fenster und spähte hinaus. Noch ein paar Minuten später, und die Dunkelheit hätte uns vor seinen Blicken verborgen, aber jetzt bedeckten uns bloß ein paar lächerliche Strauchzweige. Er brauchte nur einmal den Kopf zu senken, und alles wäre aus.

»Na«, seufzte Rico, dessen Kinn und Nase sich jetzt auch über den Fensterrand schoben, »wenn der Junge hier raus ist, dann ist er über alle Berge.«

»Der Junge? Ich denke, es sind zwei?«

»N-na, klar, Alf, mein ich ja auch: die Jungen. Ha-hab mich bloß versprochen.«

Alf schwieg einige Sekunden, knurrte etwas, und dann entfernten sich ihre Schritte.

Ich möchte es heute nicht mehr beschwören, aber ich glaube, ich bekreuzigte mich, obwohl ich nie in die Kirche ging. Hövermeier gab mir ein Zeichen, ich kroch aus dem Gebüsch, blickte mich kurz um und nahm dann meine Beine in die Hand. Ich blieb erst wieder stehen, als ich den unruhig wartenden Roman am Fuß der Brücke traf. Da stand er, stammelte bloß »Mensch, Muckel!« und blickte mich ebenso rat- und hilflos an wie ich wahrscheinlich ihn.

Unerwarteter Besuch

Ohne ein weiteres Wort rasten wir nach Hause und rannten die Treppe hoch in die Muckelsteinsche Wohnung.

»Frau Werschke?«

Stille. Ein Blick auf die Uhr sagte mir, dass sie für heute schon gegangen war.

»Vati?«

Auch keine Antwort, dafür neben dem Telefon ein Zettel:

Lieber Muckel, dein Vater hat heute länger im Büro zu arbeiten. Im Kühlschrank steht noch ein Rest vom Mittagessen. Frisches Brot ist im Brotkasten. Vergiss nicht, beim Zähneputzen auf die Sanduhr zu sehen! W.«

Diese letzte Ermahnung verdankte ich unserem Zahnarzt, der mich nach der letzten Untersuchung dazu verdonnert hatte, die Zähne nach der Uhr zu putzen. Aber wen interessierten jetzt Sanduhren? Ich wählte die Büronummer meines Vaters.

»Kaiser, Apparat Muckelstein«, meldete sich eine wenig einladende Männerstimme.

»Ist … ist mein Vater da?«

»Wer spricht?«, raunzte die Stimme.

»Hier ist Mirko.«

»Mirko und weiter?«

»Mirko Muckelstein.«

Herrn Kaisers Stimme hellte sich etwas auf. »Ach so. Nein, dein Vater ist nicht hier. Aber ich glaube, er hat vorhin versucht, dich anzurufen.«

»Kann ich dann bitte GMM sprechen?«

»Wen?«

»Kann … Kann, ich meine den Herrn Müller-Schwelm, kann ich den bitte sprechen?«

»Der ist mit deinem Vater unterwegs. Haben gesagt, dass es länger dauern kann. Soll ich was ausrichten?«

»Nein«, sagte ich, und »Danke« aus lauter Verwirrung erst nach dem Auflegen.

Ich wählte die Handy-Nummer meines Vaters. Die Frauenstimme vom Band flötete, dass er »nicht verfügbar« sei. Vor ein paar Wochen hatte mein Vater einen beunruhigenden Zeitungsartikel über schädlichen Mobilfunk gelesen. Seitdem schaltete er zum Ärger seines Chefs das Handy öfter aus.

»Was machen wir jetzt?«, fragte Roman.

Es fiel mir nichts ein, außer mich aufs Sofa plumpsen zu lassen. In dem Moment klingelte es. Ich stürzte zur Tür und wollte eben meine ganze Aufregung vom Stapel lassen, als ich statt meines Vaters jemand anderen vorfand. Nämlich meine Mutter. Die Aufregung war aber schon losgerollt, und weil ich ihr im letzten Moment den Weg versperrte, kam schließlich nur so etwas heraus wie: »Äh ... phuuää ...«; dann blieb ich mit offenem Mund in der Tür stehen.

»Hallo, Mirko! Eine ungewöhnliche Begrüßung, aber darauf muss man bei einem Dreizehnjährigen wohl gefasst sein. Darf ich reinkommen?«

»Äh ... Vati ist nicht da.«

»Ich weiß. Ich habe vorhin mit ihm telefoniert. Deswegen bin ich gekommen.«

Etwas unbeholfen machte ich ihr Platz. Schlank, braunäugig und mit netten Grübchen beim Lächeln: das ist meine Mutter. Hübsch ist sie, und sie sieht jünger aus als die meisten der Mütter meiner Freunde, auch wenn sich hier und da ein silbernes unter ihre langen dunklen Haare mischt. Sie und ich sahen uns gerade oft genug, dass sie sich Bemerkungen über mein Wachstum verkniff, das mich zu dieser Zeit ziemlich genau auf ihre Größe gehoben hatte. Sie ist inzwischen mit einem Mann namens Jeremias befreundet. Jeremias hat eine eigene kleine Firma und ist viel unterwegs. Meine Mutter arbeitet in der Firma mit und begleitet ihn meist auf seinen Flügen in alle Welt. Das ist auch der Grund, warum ich nach der Scheidung bei meinem Vater geblieben bin.

Sie begrüßte Roman, während ich von einem aufs andere Bein trat.

»Ihr beide seid reichlich blass«, sagte sie, »bestimmt sitzt ihr zu viel vorm Computer. Hast du was dagegen, wenn ich uns erst mal einen Kaffee mache, Mirko? Ich glaube, ich finde mich noch zurecht.« Ohne eine Antwort abzuwarten, ging sie in die Küche. Uns einen Kaffee? Müsste ich nun erwachsen genug sein, dieses bittere Zeug zu mögen?

»Äh, vielen Dank, Frau Muckelstein«, stammelte Roman, »für mich bitte keinen Kaffee. Ich glaube, ich muss jetzt heim ...«

»Ich hoffe, nicht meinetwegen, Roman«, kam es aus der Küche, »aber grüß bitte deine Eltern von mir.«

Roman nahm mich beiseite und flüsterte: »Was ist denn jetzt, Muckel? Willst du ihr nicht erzählen –«

»Lass, Roman. Ich versuche lieber, meinen Vater zu erreichen. Ich sag dir morgen Bescheid.«

Über diese plötzliche Gelassenheit wunderte ich mich selbst. Eben noch war mir, als lauerten Alf, Rico und ihr Boss vor unserer Haustür, und jetzt hörte ich mich sagen, alles werde sich schon regeln, als ginge es bloß um die Verabredung zu einem Mittagessen.

»Aber du kannst doch nicht einfach ...«

Romans Unwillen war nicht zu übersehen. Den Ganoven Zeit zur Flucht geben? Perjau weiter in ihrer Gewalt lassen? Weil er sich im Zweifel aber auf mein Urteil verließ, schüttelte er bloß den Kopf und verabschiedete sich.

Meine Mutter lehnte in der Küchentür. »Meine Güte, du siehst wirklich nicht gut aus, Kind. Bestimmt gehst du zu spät ins Bett.«

So was reizte mich gewöhnlich zu genervtem Widerspruch. Heute zuckte ich bloß die Schultern. Die Kaffeemaschine hörte auf zu röcheln, meine Mutter verschwand und kam kurz darauf mit zwei dampfenden Bechern ins Wohnzimmer.

»Weißt du eigentlich, dass du immer noch deinen Anorak anhast?«

»Oh?«

Ich zog ihn rasch aus. Meine Mutter hängte ihn nachdenklich an die Garderobe und reichte mir dann den Kaffee.

»Hier, ich hab viel Milch reingetan.« Ich zog den Kaffeeduft ein; er roch nach häuslicher Behaglichkeit und erinnerte mich an die Zeiten, als wir noch eine vollständige Familie gewesen waren und mich mein Vater sonntags morgens zum Frühstück weckte. Frau Werschkes Kaffee duftete seltsamerweise anders, herber. Ich nahm einen Schluck, und der schmeckte gar nicht so bitter wie erwartet.

Wir setzten uns ins Wohnzimmer an den Couchtisch. Meine Mutter stützte die Ellenbogen auf die Knie, wärmte ihre Hände am Kaffeebecher und begann mit leuchtenden Augen: »Hast du nicht Lust, noch ein bisschen wegzufahren, bevor die Schule wieder anfängt?«

Als ich nicht gleich antwortete, fuhr sie unbekümmert fort: »Ich weiß nicht, ob du mal von Tante Grete gehört hast. Das war eine jüngere Halbschwester von Oma Lotte. Wir haben sie alle kaum gekannt, sie hat auch nie von sich hören lassen. Tja, vor kurzem ist sie gestorben, und stell dir vor: Sie hat mir ein Ferienhaus in Frankreich vererbt – mir und Onkel Lutz! An der Côte d'Azur, Mirko!«

Dass ich nicht gleich juchzend aufsprang, dämpfte das Leuchten in ihren Augen etwas. An ihrer Stirn erschien eine zarte senkrechte Falte.

»Na ja, genau genommen hat sie niemandem was vererbt, jedenfalls hat man kein Testament gefunden. Aber Onkel Lutz und ich sind die nächsten lebenden Verwandten. Eigentlich wollte ich mit Jeremias hinfahren, um es einfach mal anzuschauen, sehen, wie man's einrichten könnte …«

Sie lehnte sich mit einem schwachen Seufzer zurück. »Aber er muss ja leider arbeiten. Tja, Mirko, die Gegend da unten ist auch im Winter bestimmt traumhaft, milder als hier, wir könnten dein Fahrrad mitnehmen und den großen Lenkdrachen von Vati. Na, was meinst du?«

»Den Drachen? Nie im Leben erlaubt er das.«

»Er hat es schon erlaubt.«

Mein Vater hatte den Lenkdrachen freigegeben? Das grenzte an ein Wunder und ließ mich ahnen, wie wichtig ihr meine Begleitung war. Mein Vater hatte den Drachen selbst gebaut und hütete ihn wie seinen Augapfel. Auch wenn ich mal die Schnüre halten durfte, gab er den Drachen doch nie richtig aus der Hand. Immer flatterten seine Hände dann nervös über meinen Handgelenken, bereit, zuzupacken, wenn ich seine Kommandos nicht peinlich genau befolge. Auch wenn er mir in vielen Dingen erstaunlich freie Hand ließ – der Drachen war tabu.

Aber selbst seinetwegen konnte ich Frankfurt jetzt unmöglich verlassen. Wie sollte ich meiner Mutter das beibringen?

»Nee, Mama, ich weiß nicht ... ich hatte mich mit Roman verabredet, noch einiges für die Schule zu tun. Du weißt doch, Französisch und so ...«

»In den Ferien? Das sieht dir gar nicht ähnlich, aber du kannst deine Schulbücher gern mitnehmen.«

Ich grunzte unschlüssig.

»Meinetwegen kann auch Roman mitkommen. Seine Mutter hat bestimmt nichts dagegen, sein Vater sicher auch nicht, wenn ich verspreche, eure Französischfortschritte regelmäßig zu überprüfen. Meine Güte«, sie kicherte, »soweit ich dazu überhaupt noch in der Lage bin. Wenn ich da an meine Schulzeit denke ...«

»Aber es ist nicht nur Franz, weißt du, wir haben auch gerade so eine tolle Halfpipe entdeckt ...«

Meine Mutter begriff schließlich, was eine Halfpipe ist, aber sie begriff nicht, dass ich deretwegen die Côte d'Azur sausen lassen wolle. Skateboard könne ich schließlich das ganze Jahr über fahren. Ich wand mich hin und her, spürte, dass ich meiner Mutter keine schlagende Ausrede vorsetzen konnte. Alle meine Einwände wischte sie beiseite, als sie sich plötzlich mitten im Satz unterbrach und mich merkwürdig ansah.

»Sag mal ... hast du vielleicht eine Freundin?«

Empörung rötete meine Ohren. Freundin? Eine Freundin wäre so ziemlich das Letzte, was gegen das Mittelmeer und die Aussicht auf Papas Lenkdrachen anstinken könnte. Doch mein Instinkt meldete mir binnen einer Sekunde, dass hier die gesuchte schlagende Ausrede aufgetaucht sein könnte. Ich schluckte die Freundin, senkte gekonnt verlegen den Kopf und wischte mir mit dem Zeigefinger unter der Nase entlang. Gleichzeitig sprach ich ein stummes Gebet, dass dies hier niemals Holger, Torsten oder Mark zu Gehör kommen möge, denn ihr Gelächter würde man von der Schule bis zur Ruine hören. Eine Freundin!

Na ja, vor den Ferien tuschelte man zwar, der lange Holger habe eine, und er widersprach diesen Gerüchten nicht so recht überzeugend, aber noch war eine Freundin etwas, das in unserer Jungswelt »nicht definiert« war, um einen Ausdruck unseres Mathelehrers zu gebrauchen. Gab's einfach nicht. Noch nicht jedenfalls. Und der Tag, an dem sich das ändern würde, konnte mir noch eine ganze Weile gestohlen bleiben.

Meine Mutter guckte mich halb besiegt, halb belustigt an. »Ach so ist das. Tja, da kann ich natürlich nicht gegen an. Wie heißt sie denn? Kenn ich sie?«

Aber bevor ich etwas sagen konnte, fuhr sie mir durch die Haare und seufzte: »Ach, das geht mich schließlich nichts an. Ich hab's auch immer gehasst, wenn meine Mutter mich aushorchen wollte. Kannst du dir bei Oma Lotte gar nicht vorstellen, was? War aber so. Na, bei Jungs ist das vielleicht auch was anderes. Mirko, du bist wirklich blass. Meeresluft täte dir gut. Lass mal, ist schon okay. Aber vielleicht solltest du gelegentlich einen Kamm benutzen und den Trauerrändern unter deinen Fingernägeln zu Leibe rücken. So was beeindruckt Mädchen ungemein.«

Sie faltete die Hände und studierte unschlüssig ihre Kaffeetasse. »Schade, ich hatte mit deinem Vater alles schon besprochen. Er war auch ganz froh, dass du dich nicht mehr so zu langweilen brauchst, so ganz ohne die Freunde. Aber da scheinen wir wohl nicht auf dem Laufenden zu sein. Du hast ihm noch nichts von der jungen Dame erzählt?«

In der Tat, so ganz auf dem Laufenden waren sie nicht, meine Eltern. Über Langeweile hatte ich nicht zu klagen, auch wenn »meine Freundin« daran komplett schuldlos war. Wie sollte ich meinem Vater von diesem weiblichen Phantom auch was erzählt haben? Zum Glück begnügte sich meine Mutter mit einem weiteren verlegenen »Na ja« meinerseits.

»Wirklich schade, ich hatte mich schon gefreut«, seufzte sie, »dann lass uns wenigstens morgen zusammen in die Stadt gehen. Vielleicht brauchst du eine neue Jacke oder eine Hose?«

»Eigentlich hab ich noch genug …«

»Dann gehen wir zusammen essen. Ich kenne einen Chinesen mit einem leckeren Mittagsbüfett, und danach gehen wir ins Kino. Jeremias sagt, dass gerade ein Agentenkrimi mit viel Action läuft, na? Keine Widerrede. Wenn du schon nicht mit mir ans Meer fahren willst, kannst du mir das nicht abschlagen. Ich hole dich morgen um halb eins ab, okay?«

Erleichtert sagte ich zu. Darauf gab mir meine Mutter einen Kuss, fasste mich an den Schultern, betrachtete mich, als versuche sie, in ihrem kleinen Jungen den unverhofften Frauenhelden zu erkennen, schüttelte schmunzelnd den Kopf und ging.

Ich winkte ihr vom Fenster aus zu, als sie in Jeremias' chromblitzenden Geländewagen kletterte. Hatte ich mit den Ganoven nicht genug am Hals? Musste man mir auch noch eine Freundin andichten?

Ich wählte Romans Nummer, hörte aber nur das Besetztzeichen. Auch ein weiterer Versuch, meinen Vater über sein Handy zu erreichen, blieb erfolglos. Mechanisch wärmte ich mir Kartoffelpuffer auf und aß in Gedanken versunken, putzte mir ebenso versunken die Zähne und schlüpfte in meinen Schlafanzug. Die Uhr zeigte mir zwar, dass es eigentlich viel zu früh zum Schlafengehen war, doch ich fühlte mich so wohlig geborgen in meinem Bett, dass ich mir mein Kuscheltier unter den Ellbogen klemmte (das ich tagsüber natürlich verleugnete), unter die Decke kroch und »Meisterdetektiv Kalle Blomquist« aufschlug. Ich blätterte zurück an die Stelle, an der meine schwedischen Altersgenossen Kalle, Anders und ihre Freundin Eva-Lotte (war es wirklich ihre Freundin?) im verlassenen Herrenhaus dem Mörder des alten Gren gegenüberstehen. Es gelingt ihnen, den Kerl zu entwaffnen, aber was macht der Blödmann von Kalle? Statt den Revolver an sich zu nehmen, wirft er das Ding angstschlotternd aus dem Fenster, was ich nie kapiert hatte. Jedenfalls vor dem heutigen Tag nicht.

Ich drehte mich auf den Rücken und stierte die Decke an. Was geschah in diesem Moment mit dem dicken Perjau? Saßen die Gangster schon in einem Flugzeug nach Südamerika? Konnten sie unbehelligt herumschurken, nur weil ich nichts unternahm? Schließlich gab es noch andere Polizisten als meinen Vater, Leute wie Herrn Kaiser zum Beispiel. Der Gedanke, dem die ganze Geschichte erklären zu müssen, bereitete mir Bauchschmerzen. Ich gab dem Gewicht meiner Augenlider nach.

Irgendwann sah ich mich in einem muffigen Büro sitzen, Herrn Kaiser gegenüber, einem mürrischen, lustlosen grauen Glatzkopf, und versuchte seine Fragen zu beantworten, die ich nicht verstand. Da öffnete sich eine Tür, und der Schieler Rico betrat den Raum.

»Hier ist er«, sagte er und deutete auf mich, »er hat eine Freundin!« Hinter ihm kam der Gangsterboss zur Tür herein mit seinen grausamen, kalten Augen und dem bösen Zug um die Mundwinkel. Er starrte mich an und richtete langsam einen Revolver auf mich.

»Eine Freundin?« Er schüttelte missbilligend den Kopf. »Dafür ist dein Hirn nicht geschaffen. Du kannst ja nicht mal auf deinen Schlüssel acht geben.« Er kam mit der Waffe noch näher, grinste und legte sie dann auf einen Tisch in meiner Reichweite.

»Greif nur zu. Und dann? Dann wirst du ebenso die Hosen voll haben wie dein Freund Kalle!« Er warf den Kopf in den Nacken und lachte ein hohntriefendes Lachen. Er lachte und lachte und wurde immer heiserer und heiserer.

Ich schlug die Augen auf und erblickte kein muffiges Büro, sondern mein Zimmer. Die Traumbilder verschwanden, aber das verbrecherische Gelächter rettete sich in die Wirklichkeit hinüber. Halt, nein, es war kein Gelächter. Es war Frau Werschke, die hustete.

Ausgeträumt und ausgeräumt

Augenreibend setzte ich die Füße aus dem Bett. Unter meinem Rollo drängte sich ein gelber Sonnenstrahl hindurch. Meine Nase erkannte sofort Frau Werschkes Kaffee. Sie saß im Wohnzimmer am Esstisch, vor sich einen dampfenden Becher und ein Kreuzworträtsel. Ein verkrümeltes Frühstücksbrett ihr gegenüber bezeugte, dass mein Vater das Haus schon verlassen hatte. Aus der Durchreiche zur Küche hörte ich das vertraute Klappern des Topfdeckels über kochendem Wasser.

»Morgen, Muckel. Ausgeschlafen? Ich mach dir gleich Kakao warm. Weißt du ein ›Sportgerät für Jugendliche‹ mit zehn Buchstaben?«

Ich bat, mich zu dieser frühen Stunde nicht mit Denksportaufgaben zu überfordern, und wankte ins Bad. Während ich mir die Zähne putzte, warf ich einen Blick auf meine Frisur, die wie gewöhnlich keine war, und auf meine Fingernägel. Vielleicht könnte ich mal ein bisschen daran herumkratzen. Gelegentlich.

Ich zog mich an, setzte mich an den sonnenbeschienenen Esstisch und klopfte schlaftrunken an meinem Frühstücksei herum. Frau Werschke kaute auf ihrem Bleistift.

»Gestalt der griechischen Mythologie – hm ... wer ist eigentlich Alf?«

Jetzt war ich wach. »Alf? Wer soll denn das sein?«

»Dein Vater sagte, du hättest im Schlaf mehrmals gerufen: ›Hövermeier, Vorsicht, der Alf!‹«

Wie unbeteiligt zuckte ich die Schultern. »Ach, das ist bloß so ein Kerl, der ... der Roman und mir gehörig auf die Nerven geht.«

Das war nicht mal gelogen und schien Frau Werschke zufriedenzustellen, denn sie quittierte meine Antwort mit einem Brummen und knobelte wieder an ihrer griechischen Mythologie herum. Nach dem Frühstück begann sie abzuräumen. Ich zog den Anorak an und klingelte Roman nach unten.

»Hast du deinem Vater alles erzählt?«, fragte er.

»Nein. Gestern Abend habe ich schon geschlafen, als er kam, und heute Morgen war er schon weg.«

»Warum rufst du ihn nicht jetzt an?«

Ja, warum nicht? Etwas in mir sträubte sich. Der Schrecken des gestrigen Tages hatte sich mit der Dunkelheit fast verzogen und einer neuen Abenteuerlust Platz gemacht. Diesen Fall ganz allein lösen zu wollen – so dumm war ich natürlich nicht. Aber ich mochte der Polizei auch nicht alles hilflos vor die Füße werfen. Es machte sich besser, wenn man den einen oder anderen handfesten Hinweis präsentieren konnte.

»Lass uns erst sehen, was Hövermeier rausgefunden hat. Vielleicht haben wir dann was Vorzeigbares in der Hand.«

Roman schüttelte wieder den Kopf, widersprach aber nicht.

»Nehmen wir die Skateboards?«

»Nein, die Räder, das geht schneller ... ach, warte eine Sekunde.«

Ich zählte im Geiste Buchstaben, klingelte bei Muckelstein und sprach dann in die Sprechanlage.

»Frau Werschke?«

»Ja?«

»Sportgerät mit zehn Buchstaben: Skateboard.«

Wir fuhren also mit dem Rad zur Ruine, sahen uns vorsichtig um, probierten erfolgreich den Trick mit dem Briefkastenschlitz und stiegen das hintere Treppenhaus hinauf. Unser Klopfen an Hövermeiers Tür blieb unbeantwortet.

»Hast du nicht gesagt, wir sollen ihn heute hier besuchen?«, fragte Roman.

»Doch. Möglicherweise ist er unten im Keller ...«

»Danke vielmals, in den Keller bringen mich keine zehn Pferde!«

»Wir müssen runter. Vielleicht haben die Gangster gestern beim Ausräumen wichtige Spuren hinterlassen.«

»Ja, vielleicht! Vielleicht haben sie gestern auch Hövermeier entdeckt, und er liegt unten im Keller mit einem Loch im Schädel!«

»Was du redest!«

»Und warum ist er nicht hier?«

Diese Frage verursachte mir ein flaues Gefühl. Ich tat unbeeindruckt und stieg mit Watte in den Knien die Treppe hinunter zum Keller.

Wie ich erwartet hatte, kam Roman schließlich hinterher, wenn auch leise schimpfend. Die letzte Treppe zum Keller schlichen wir hinunter, als sei sie aus Zuckerguss.

»Es ist so still«, flüsterte Roman.

»Natürlich ist es still, oder hast du eine Blaskapelle erwartet?«

Aber war es tatsächlich schon immer so totenstill hier gewesen? Die Kellertür lag nicht im Schloss; wir öffneten sie, wie man eine Schachtel Skorpione öffnen würde. Als sie leise knarrte, zuckten wir zurück, als krabbele das erste Untier aus der Schachtel hervor.

»Na komm schon«, flüsterte ich, »hier ist natürlich niemand.«

»Natürlich. Und warum flüsterst du dann?«, flüsterte Roman.

Ich gab mir einen Ruck und setzte vorsichtig einen Fuß vor den anderen. Hoffentlich stolperte ich nicht über ein Bein oder einen Arm oder sonst etwas von einem toten Landstreicher.

»Wir sind ziemliche Trottel, dass wir die Taschenlampen vergessen haben.«

»Sind wir, sind wir«, murmelte Roman und blieb mir dicht auf den Fersen.

»Pass auf: Wenn wir die Eingangstür ganz aufmachen, haben wir vielleicht genug Licht, um einen Blick in den Lagerraum zu werfen.«

Roman kehrte um und öffnete behutsam die Eingangstür, vergewisserte sich, dass sie nicht wieder zufiel, und kehrte zu mir zurück. Mittendrin stockte er.

»Da war was.«

»Ach wo ...«

Aber ich hatte es auch gehört. Eine Ratte? Ein Vogel draußen? Ein Mörder?

»Komm schon!«, zischte ich halbherzig. Wir schluckten ein paarmal und setzten erneut Fuß um Fuß, bis wir in den Lagerraum sehen konnten.

Eine große Klappe stand offen, dort, wo wir gestern die verräterische Fuge entdeckt hatten. Wir traten näher, konnten aber nichts anderes entdecken als eine schwarze viereckige Öffnung in der Wand.

»Da werdet ihr wohl nichts mehr finden«, sagte eine Stimme, und unsere Herzen sackten schnurstracks in unsere Hosenböden. Wie erleichtert waren wir, als wir in dem spärlichen Licht nach und nach unseren guten alten Hövermeier erkannten.

Roman stieß die Luft aus wie eine entstöpselte Luftmatratze. »Du hast es wirklich raus, einen zu erschrecken!«

»Tut mir Leid, Jungs«, kicherte der Alte, »aber ich musste mich ja erst mal vergewissern, wer hier überhaupt herumschnüffelt. Und ob ich noch gut schleichen kann!«

»Klappt ganz vorzüglich, mir schlottern jetzt noch die Knie. Hast du gestern noch was herausgefunden?«, fragte ich.

»Lasst uns erst mal aus diesem Loch verschwinden«, schlug Roman vor; Hövermeier pflichtete ihm bei, und so stiegen wir wieder hinauf und setzten uns an der Stirnseite des Gebäudes auf ein Mäuerchen, das windgeschützt stand und von der Wintersonne angenehm erwärmt war.

»Es tut mir Leid«, sagte Hövermeier bedrückt, »aber ich konnte leider gar nichts mehr herausfinden.«

»Aber wieso denn nicht?«

»Ist mir schleierhaft, wie sie so schnell alles ausräumen konnten – vielleicht hatten sie doch keine Bilder unten versteckt. Jedenfalls waren sie mit ihrem Wagen ruckzuck verschwunden. Unten war alles leer. Ich bin später noch einmal mit einer Kerze runter, aber da war nur gähnende Leere. Ihr habt's ja gesehen.«

»Hast du dir das Autokennzeichen gemerkt?«

»Nein«, gab Hövermeier zerknirscht zu, »die Kennzeichenbeleuchtung war kaputt, vielleicht mit Absicht. Ich konnte bloß sehen, dass es ein Lieferwagen war, ein Ford Transit, wahrscheinlich rot, und dass mit den Bremsleuchten etwas nicht stimmte: Sie flackerten. Vermutlich schlechter Massekontakt.«

Bleiern enttäuscht ließ ich den Kopf hängen. Wir hatten nichts herausgefunden und obendrein die Gangster verscheucht.

Eine ganze Weile beratschlagten wir. Was war zu tun? Wo ließen sich Hinweise finden?

»Na prima«, sagte ich schließlich, »wir müssen bloß alle roten Transits in Frankfurt finden und die Fahrer bitten, doch mal eben auf die Bremse zu treten.«

»Für die Polizei ist das durchaus ein Hinweis«, beharrte Hövermeier, »und vielleicht kann die Spurensicherung im Kellerversteck noch etwas entdecken. Dieser Fall ist jetzt ohnehin nichts mehr für uns, da muss die Polizei ran. Das seht ihr doch ein?«

Natürlich sahen wir das ein; Roman sowieso, und auch ich musste mich wohl geschlagen geben und mit leeren Händen vor meinen Vater treten. Oder?

»Lasst uns noch einmal das Versteck untersuchen. Vielleicht finden wir doch noch etwas Wichtiges.«

Hövermeier seufzte. »Wenn es dich beruhigt. Aber mach dir keine Hoffnungen, ich habe schon alles abgesucht. Da ist nichts außer Staub und Dreck.«

Wir standen auf, und Hövermeier kletterte in seine Kemenate, um eine Kerze zu holen. Einer von uns Jungen hätte es natürlich schneller geschafft, aber Hövermeier wollte uns den Trick mit dem Draht und dem Türschloss nicht verraten. Dann stiegen wir noch einmal in den Keller, um die schwarze Öffnung in der

Wand zu untersuchen, die sich als winziger Raum entpuppte, kaum größer als eine Abstellkammer, und rein gar nichts enthielt außer Staub und Spinnweben; nicht einmal eine nackte Glühbirne an der Decke.

Hövermeier hatte Recht. Keine Kippe, kein Kaugummi, nicht mal ein Pappfetzen von einem der Kartons, keine Klebebandreste oder sonst was. Wenn die Spurensicherung der Polizei hier noch etwas Bedeutsames fand, dann hatten die Jungs wirklich was auf dem Kasten.

Mit leeren Händen kehrten wir ans Sonnenlicht zurück. Hövermeier zeigte uns die Stelle, wo der rote Lieferwagen gestanden hatte, doch so sehr wir auch den Boden und die Büsche unter die Lupe nahmen, wir fanden nichts außer einer Coladose, die sicher schon einige Jahre dort lag. Missmutig verabschiedeten wir uns voneinander, und Roman und ich radelten schweigsam heimwärts.

Die Verfolgung

»Der Herr hätte mir ruhig erzählen können, dass er heute außer Haus isst«, knurrte Frau Werschke zur Begrüßung.

»Ach, Frau Werschke, das hab ich total verschwitzt.«

»Ach, ja ja. Zum Glück hat deine Mutter vorher angerufen. Sonst stünde ich jetzt rührend am Kochtopf. Na, es ist noch Zeit, bis sie dich abholen kommt. Du kannst mir bis dahin helfen, die Gardinen im Wohnzimmer abzunehmen.«

Roman verabschiedete sich, nicht ohne mich mit Blicken und Gesten zu ermahnen, meinen Vater anzurufen. Ich aber stieg auf den Küchenhocker, um die Gardinen aus den Vorhangschienen zu friemeln. Mir wurden langsam die Arme lahm, als ich durchs Fenster Jeremias' Geländewagen vorfahren sah. Kurz darauf klingelte es zweimal. Ich zog die letzten Gardinenrollen heraus, verabschiedete mich, zog meinen Anorak an und lief die Treppe hinunter.

»Hallo, Mirko«, begrüßte mich meine Mutter, nachdem die Haustür hinter mir zugefallen war. »Heute hast du ein bisschen mehr Farbe. Geht's dir gut?«

»Ja, ganz okay.«

Ich stieg ein, sie gab Gas, und die große Maschine zog an mit jenem erhabenen Rauschen, das eben nur eine große Maschine hervorbringt. Ich bewunderte das chromblitzende Armaturenbrett und seine feinen Holzeinlagen. Wir schwammen mit dem Strom der Autos auf der Eschersheimer Landstraße hinab zur Innenstadt, und das hoch aufragende Gefährt kam mir zwischen den anderen Autos vor wie ein majestätisch dahingleitender Karpfen zwischen all seinen untertänigen Gründlingen. Mein Vater war kein Autonarr, leider. Unser alter Kombi hatte ein Dutzendgesicht, sein Lack war matt und angekratzt, sein Arma-

turenbrett besaß nicht den winzigsten Splitter Holz und fing immer beim selben Tempo aufdringlich an zu schnarren. Ich wollte meinen Vater gewiss nicht gegen Jeremias eintauschen, aber der machte schon einiges her: Er hatte noch volles Haar, er hatte auch im Winter braun gebrannte Haut, er hatte die großen Städte der Welt gesehen, und er hatte die Taschen anscheinend voller Geld. Ich blickte meine Mutter verstohlen von der Seite an, aber irgendwie sah sie nicht aus, als sei sie mit Jeremias viel glücklicher geworden. Vielleicht lag das daran, dass Jeremias eines nicht hatte: Zeit. Hatte sie das nicht auch meinem Vater immer vorgeworfen?

Als ich so nachdachte über Jeremias, seinen Jeep, meine Mutter, meinen Vater und seinen Drachen, schloss ich allmählich Frieden mit unserem klapprigen Kombi. Hatte ich mich auf seinem Rücksitz nicht immer geborgen gefühlt? Auf Urlaubsheimfahrten schläferte mich das eintönige Brummen des Motors in meiner gemütlichen Burg aus Reisetaschen und Mänteln ein; auf den Vordersitzen wechselten meine Eltern ab und zu ein Wort, am Abendhorizont erschienen die Lichter der Frankfurter Bankentürme, und wenn alle Koffer ausgeladen waren, tätschelte mein Vater kurz das Wagendach, weil der Kombi uns ohne Panne wieder nach Hause gebracht hatte.

Meine Mutter kurbelte jetzt am Lenkrad, um den schweren Wagen die enge Wendelrampe im Parkhaus Mitte hinaufzudirigieren. Ein schmutziger kleiner Fahrstuhl voller Graffiti leierte uns vom Parkdeck wieder hinunter auf den sonnenbeschienenen Bürgersteig. Sie hakte mich unter, und wir spazierten durch die Schillerstraße, die zwei Frankfurter Wahrzeichen aus den Kindertagen der Stadt miteinander verbindet: den Eschenheimer Turm und die Hauptwache. Wir passierten den Bären und den Bullen, die Maskottchen der Börse, lebensgroß und in Bronze, die in den Nachrichtensendungen heimisch geworden waren wie die Wetterkarte. Von weitem schon hörte man Skateboards aufs Pflaster krachen, denn am Narrenbrunnen hinter der Hauptwache zeigten die Frankfurter Skateboardfahrer einander Kunststücke, manche verwegen und gekonnt, andere tastend und zaghaft. Die Bretter wirbelten in jeder erdenklichen Art und Weise herum, und wer selbst gerade nichts darbot, begutachtete fachkundig die Vorstellung der anderen. Am Rossmarkt standen Taxis in langer Schlange. Ihre Fahrer warteten lesend, dösend oder fingertrommelnd darauf, zu David und Goliath vorzurücken, denn an diesem Denkmal nimmt eine der größten Einkaufsstraßen Deutschlands ihr Ende: die Zeil, und wer Glück hatte, bekam als Fahrgast eine der geschminkten Damen in teuren Pelzen, die ihre goldbedruckten Tüten auf den Rücksitz werfen und eine Taxifahrt ins Frankfurter Umland wünschen. Wir gingen weiter entlang der dicht gedrängten Geschäfte Richtung Theaterplatz. Der heißt lange schon Willy-Brandt-Platz, aber ich kenne keinen, der ihn so nennt. Links kam der Frankfurter Hof in Sicht, eines der ersten Hotels am Platz mit seiner vornehmen alten Säulenfassade und livrierten Dienern, die mit dünnen weißen Handschuhen dicke schwarze Limousinen öffneten. Ihm gegenüber ragte das Ungetüm des Neuen Commerzbank-Hochhauses in den Himmel, das den bisherigen Höhenkönig, den Messeturm, nur mit Hilfe einer hässlichen Dachantenne entthront hatte. Lange Zeit hatte die Commerzbank eine Saturnrakete in Originalgröße an der Südfassade aufgehängt – wenn auch nur als riesiges Poster. Man wollte wohl prahlen, wie kümmerlich sie gegen ihr großes neues Haus aussah.

Gegenüber dem Schauspielhaus öffnete meine Mutter die Schwingtür unter einem Schild: »Happy Meeting«. Klang nicht gerade chinesisch, war es aber. Hinter einer zweiten Schwingtür empfingen uns in einem großen, mit dunkelrotem Holz getäfelten Raum gedämpfte Musik und gedämpfte Unterhaltungen. Von hinten beleuchtete Glasmalereien sorgten für ebenso gedämpftes Licht. An den Tischen saßen junge Männer mit gegelten Haaren, blonde, gebräunte Frauen saßen neben Herren mit grauen Schläfen in Nadelstreifenanzügen. Ein dunkelhäutiger

Mann mit säuberlich gestutztem Kinnbart, Anzug und weißem Turban sprach mit funkelnden Augen auf sein Gegenüber ein, und seine ungestümen Gesten ließen seine schwere goldene Armbanduhr aufblitzen. Sein Tischgenosse war ein ebenso dunkelhäutiger, aber unscheinbarer, krummrückiger Mann, der unbeeindruckt seine Suppe schlürfte.

Wir folgten einer lächelnden schmalen Chinesin zu einem freien Tisch am Fenster. In der Mitte des Raumes schlichen Gäste mit vorgehaltenen Tellern um ein üppiges warmes Büfett.

Ich hatte noch nie chinesisch gegessen und ein bisschen Bammel, dass man in China irgendwelche Ekligkeiten für Delikatessen halten könnte, getrocknete Spinnenbeine oder dergleichen. Das Büfett sah aber lecker aus. Meine Mutter half mir bei der Auswahl, und die traf sie nicht schlecht. Ich stattete dem Büfett bald noch einen zweiten Besuch ab, denn man durfte so viel essen, wie man wollte. Ich packte auf den Teller, was draufging, und zuallererst die in Honig eingebackenen Bananenstücke.

Meine Mutter hatte sich zwar vorgenommen, mich nicht über »meine Freundin« auszuhorchen, aber die Neugier stand ihr auf der Nasenspitze geschrieben. Hier und da ließ sie eine aufstachelnde Bemerkung fallen, aber ich hielt tapfer dicht über mein »kleines Geheimnis«, wie sie es nannte.

Nach dem Essen bestellte sich meine Mutter noch einen Tee. Ich konnte nicht mehr papp sagen, lehnte mich zurück und betrachtete dösig die Passanten auf der Weißfrauenstraße.

Was mache ich hier?, dachte ich. Schlage mir den Wanst voll, während der Maler Perjau in größter Gefahr schwebt und die Gangster wahrscheinlich ihre Bilderbeute in aller Ruhe nach Übersee verschiffen. Aber ich bin schließlich nur ein dreizehnjähriger Junge und kann wohl kaum schaffen, was der Polizei nicht gelingt.

Andererseits wusste die Polizei auch nicht, was ich wusste. Aber was wusste ich denn groß?

Meine Mutter zückte das Portemonnaie, und dann machten

wir uns auf den Rückweg entlang des Rossmarktes. Hinter der Katharinenkirche bogen wir auf die Zeil ein, die einem riesigen Ameisenpfad glich. Kreuz und quer liefen sich diese menschlichen Ameisen über den Weg und gingen ihrem Tagwerk nach, eilend oder schlurfend. Die großen Kaufhäuser und Bekleidungsgeschäfte schluckten und spuckten Menschen in gleichförmigen Strömen. Brezelverkäufer verkauften Brezeln unter den Heizstrahlern ihrer Buden, Straßenmusiker spielten Straßenmusik ganz ohne Heizstrahler und nickten kurz, wenn eine Münze in ihren geöffneten Instrumentenkoffern klimperte. Vor einem hageren Geiger mit geröteten Augen und kahler Stirn hielt meine Mutter an und legte den Kopf schief; als Kind hatte sie auch Geige gespielt.

»Es ist unglaublich, aber hier auf der Straße hört man manchmal bessere Musiker als im Opernhaus. Seit es die Sowjetunion nicht mehr gibt, kommen immer mehr Musiker hierher, die man dort auf die Straße gesetzt hat, und weiß Gott keine schlechten. Dieser Mann dort«, sie nickte in Richtung des Geigers, der den Geigenbogen mit gekappten Handschuhen führte und sein Instrument über einen dicken Wollschal geklemmt hielt, »dieser Mann kann durchaus noch vor einem Monat in Moskau oder Petersburg Konzerte gegeben haben.«

Ich verstehe nicht viel von klassischer Musik, aber der Bursche fabrizierte tatsächlich Töne, die auch von einer Schallplatte hätten kommen können, und wenn er bei der Kälte so spielen konnte, wie würde das erst im Frühling klingen?

»Warum hat man ihn entlassen? Sind die Russen unmusikalisch?«

»Bestimmt nicht, aber sie können ihn nicht mehr bezahlen, weil ihnen selbst für Wichtigeres das Geld fehlt. Sicher hat er eine Familie zu ernähren.«

Meine Mutter fischte ein paar Münzen aus ihrer Tasche und warf sie in den offenen Geigenkasten. Der Mann verbeugte sich, ohne sein Spiel zu unterbrechen, und wir gingen weiter.

Unser Ziel war das »Royal« im Steinweg. Es besaß einen der letzten großen Vorführsäle in Frankfurt, wo auch mein Vater seine Beine ausstrecken konnte.

»Heute: ›Duell in Manhattan‹. 13.45, 16.00, 18.15, 20.30 Uhr« war über dem Eingang zu lesen. Schwerbewaffnete in schwarzen Anzügen blickten lässig von den Plakaten auf uns herunter. Mir wurde etwas mulmig. Bekam mir chinesisch nicht, oder verspürte ich plötzlich eine Abneigung gegen Feuerwaffen? Früher konnte ich in einem Film gar nicht genug Geballer haben, aber dass sich da was geändert hatte, war nicht zu leugnen.

Meine Mutter kaufte zwei Karten; nach einigen Minuten öffnete die kleine dicke Kartenabreißerin die Sperrkette, und wir reihten uns in den Gänsemarsch der Kinobesucher ein.

Der große Saal war ganz in Rot gehalten. Wir setzten uns nach hinten. Zwischen die vielen Sesselreihen vor dem haushohen Vorhang pflanzten sich allmählich immer mehr Schultern und Köpfe. Menschen lachten, plauderten, winkten, hielten Ausschau nach den besten Plätzen, rissen Popcorntüten auf und schienen keinen Gedanken daran zu verschwenden, dass täglich, stündlich, ja minütlich Verbrechen geschahen. Eines Tages könnte eines sie selbst betreffen und sie verändern, so wie ich nicht mehr der Muckel zu sein schien, der in der Ruine mit seinen Freunden Verfolgungsjagd spielte.

Ein Eisverkäufer mit Bauchladen quetschte sich durch die Reihen, das Gemurmel der Kinobesucher wogte durch den Saal. Schließlich erlosch das Licht, und der Vorhang öffnete sich für die Werbefilme. Unbeschwerte Menschen fuhren Sportwagen, aßen Schokoriegel oder rauchten Zigaretten an Lagerfeuern. Auch sie schienen Verbrechen nicht zu kennen; wie konnten sie sonst so fröhlich sein?

Endlich begann der Hauptfilm. Es war einer von der Sorte, die ich früher gern gesehen hatte. Aber jetzt mochte ich kaum hingucken. Es wurde gerannt, geschossen, mit Autos gerast, Menschen bluteten und starben. Aber wenn die Kamera ausgeschaltet war, standen alle Toten wieder auf. Wirklichkeit war gestern im Keller der Ruine, und wenn der Gangsterboss mich dort gefunden hätte – wäre ich auch wieder aufgestanden?

Meine Mutter legte mir die Hand auf die Schulter.

»Alles okay Mirko?«

»Na klar, ich bin nur etwas müde …«

Explosionen, Schießereien, Karambolagen und Kinnhaken stolperten am Ende des Films übereinander, und als sich der Rauch verzogen hatte, presste der Detektiv seine Lippen auf die der schönen Auftraggeberin. Hat dieser Bursche als Kind auch in verlassenen Gemäuern gespielt? Hat man ihm auch eine Freundin angedichtet? War für mich die Zeit sorgloser Spiele vorbei und die Zeit von Freundinnen gekommen? Ich schüttelte mich. Nicht, wenn ich es noch ein wenig hinauszögern konnte!

»Lass uns noch ein Eis essen«, sagte meine Mutter, als wir am Ausgang den Strom der Besucher verließen, »ich kenne eine nette Eisdiele am Zoo, die auch im Winter geöffnet hat. Da fahren wir hin.«

Eigentlich hatte ich einen Entschluss gefasst. Eigentlich wollte ich lieber etwas unternehmen, anstatt mich mit Essen vollzustopfen und Ballerfilme anzugucken. Andererseits hatte ich nicht die leiseste Ahnung, was. Außerdem war dieser Tag meiner Mutter gewidmet als Trost für meine Urlaubsabsage. Also nickte ich, obwohl die Kälte nicht unbedingt Lust auf Eis machte – eher auf heiße Schokolade.

Wir holten das Auto aus dem Parkhaus und fuhren die Bleichstraße entlang nach Osten. Am Hessendenkmal staute sich der Verkehr wegen einer Baustelle, und als ich nach rechts auf die Nachbarspur sah, stand da ein rotes Auto. Nicht nur ein rotes Auto, sondern ein roter Lieferwagen. Nicht nur ein roter Lieferwagen, sondern ein Ford. Ein Ford Transit. Es gibt viele rote Lieferwagen in Frankfurt, dachte ich, sicher auch viele Transits. Wie viele rote Transits? Ich versuchte vergeblich, im Rückspiegel des Lieferwagens den Fahrer zu erkennen.

Die Wagenkolonnen rückten langsam vor. Der rote Ford schob sich an uns vorbei und bremste. Seine Heckleuchten flackerten.

Ruckartig setzte ich mich auf. Rot, Transit und flackernde Bremslichter – wie viele mochte es davon geben? Der Lieferwagen hatte sich zum Abbiegen eingeordnet, und gleich würden wir ihn verlieren.

»Nein, ich weiß«, rief ich, ohne zu überlegen, »es gibt eine viel schönere Eisdiele in ... am ... na jedenfalls müssen wir hier rechts abbiegen!«

Meine Mutter stutzte etwas über diese plötzliche Eingebung, zuckte dann die Schultern und machte einem anderen Autofahrer Zeichen, uns nach rechts rüberziehen zu lassen. Inzwischen prägte ich mir das Kennzeichen des Lieferwagens ein: F-JL 1394. Jetzt durfte uns bloß die Ampelschaltung nicht von ihm trennen! Und ich musste mir was Besseres als die Eisdiele einfallen lassen, denn meine Mutter hatte einen flotten Fahrstil und würde nicht lange hinter dem roten Transit bleiben. Doch ich hatte keine Zeit für raffinierte Überlegungen, denn nachdem wir durch die Ampel geschlüpft waren, setzte sie auch schon zum Überholen an.

»Nicht so schnell, wir müssen hinter dem roten Ford bleiben!«

»Wie bitte?«

»Ich meine diesen Ford Transit. Kannst du nicht hinter ihm bleiben?«

»Aber wieso denn?«

»Es ist ... einfach ein Spiel ... wie in dem Agentenfilm. Wir verfolgen den roten Ford, als wären wir Privatdetektive, okay? Mir zuliebe!«

»Na ... also, Mirko, meinst du das ernst?«

»Ja!«

Meine Mutter warf mir einen Blick zu, als erscheine ihr eine Freundin an meiner Seite jetzt doch etwas verfrüht. Aber sie blieb hinter dem Lieferwagen. Vorbei an der Konstablerwache, hielt er geradeaus auf die Alte Mainbrücke zu.

»Na schön, aber nur bis zu deiner Eisdiele«, sagte meine Mutter.

Wie sollte ich ihr erklären, dass ich außerhalb unseres Stadtteils Dornbusch nicht eine einzige Eisdiele kannte, ausgenommen in unserem Urlaubsort am Bodensee?

Kurz vor dem Main mussten wir wieder an einer Ampel halten. Ich presste mich an das Türfenster, um in den Außenspiegel des Transit zu blicken. Es schien kein Beifahrer darin zu sitzen. Die Ampel sprang auf Grün, und es ging über die Alte Brücke.

»Wo ist eigentlich deine Eisdiele?«

»Oh, noch ein ganzes Stück ... geradeaus.«

»In Sachsenhausen?«

»Ja, in Sachsenhausen.«

»In welcher Straße?«

»Äh ... in der ... keine Ahnung, wie die heißt.«

»Und wie heißt die Eisdiele?«

»Hab ich vergessen.«

Der Lieferwagen folgte der Walter-Kolb-Straße in Richtung Flughafen. Wollten die Gangster ihre Beute in ein Flugzeug verladen und abhauen?

»Wann warst du denn das letzte Mal in dieser Eisdiele?«

»Ist schon 'ne Weile her ...«

Der rote Ford wurde langsamer. Waren wir ihm aufgefallen, oder suchte er eine Hausnummer?

»Okay, der hält hier. Fahren wir jetzt zu deiner Eis–«

»Nein, bitte, bleib hinter ihm, aber nicht zu dicht!«

»Aber Mirko ...«

»Bitte, Mama, es ist ein Spiel. Ein Spiel, das Roman und ich manchmal spielen. Wir verfolgen Autos und schreiben später die genaue Route auf.«

Meine Mutter guckte verdattert. »Und dein Vater und Romans Vater machen da mit?«

»Was haben die damit zu tun?« Der Ford hielt am Straßenrand, und ich ließ ihn nicht aus den Augen.

»Na irgendwer muss schließlich ein Auto fahren!«

»Ja, natürlich machen sie ... die machen da mit. Ab und zu jedenfalls, manchmal. Bitte. Du brauchst mir auch nichts zum Anziehen zu kaufen.«

Meine Mutter schüttelte lächelnd den Kopf und kuppelte aus. Die Fahrertür des roten Lieferwagens öffnete sich. Ein riesiger Kerl mit Boxerfigur und vorspringendem Kinn stieg aus – niemand anderer als Alf, und Alf kam auf uns zu. Hatte er uns entdeckt? Würde er an unser Fenster klopfen und fragen: »Hören Sie mal, warum fahren Sie mir ... he, das ist doch der neugierige Knirps aus der Plieningerstraße!« Ich rutschte etwas tiefer in meinen Sitz.

Nein, er bog federnden Schrittes und nickenden Kopfes um das Wagenheck. Auf seinem kantigem Schädel erkannte ich einen Walkmankopfhörer, seine mächtigen Kiefer schienen den Kaugummi im Takt zu mahlen. An einem Kiosk kaufte er eine Zeitschrift, machte kehrt und stieg wieder ein.

»Liebe Güte«, schnaubte meine Mutter, »der Kerl sieht wirklich aus wie einer, der verfolgt gehört. Soll ich ihm jetzt weiter nachfahren?«

»Ja, bitte. Aber unauffällig.«

»Soso, unauffällig. Und wie macht ihr das – unauffällig?«

»Na eben nicht so dicht dranhängen. Etwas Abstand lassen.«

»Dann will ich mal mein Bestes tun.«

Der Transit fädelte sich wieder in den Verkehr ein. Weiter ging es über die Schweizer Straße hinweg Richtung Südwesten.

»Deine Eisdiele gibt es natürlich nicht«, sagte meine Mutter.

»Nein.«

»Warum hast du mir das nicht gleich gesagt, das mit dem Verfolgungsspiel?«

»Ich dachte, du machst dich darüber lustig.«

»Und warum muss es gerade diese alte Scherbe sein? Warum nicht ein Ferrari? Das wäre eine größere Herausforderung.«

»Ferraris haben wir schon in unserer Sammlung. Ein Ford

Transit fehlt uns noch.« Allmählich gewann ich im Flunkern Sicherheit. Dieses Spiel war keine schlechte Erfindung.

Als der Hauptverkehrsstrom in Richtung Flughafen auf die Kennedy-Allee einschwenkte, setzte Alf den Blinker und bog links ab.

»Und wenn der Bursche aus Frankfurt raus fährt?«

Ja, was dann? Für alle Fälle hatte ich sein Kennzeichen.

»Dann lassen wir ihn.«

Meine Mutter zuckte noch einmal die Schultern, schien aber an der Sache Gefallen zu finden. Sie fuhr gern Auto und kommandierte offenbar besonders gern diesen Muskelprotz von Geländewagen.

An der langen Mörfelder Landstraße bog der rote Wagen an einer Ampel nach rechts ab. Alf huschte vor den Fußgängern durch, aber wir mussten warten, bis eine alte Frau zentimeterweise über die Straße geschlichen war. Ich rutschte auf meinem Sitz herum, aber Alf hatte es zum Glück nicht eilig, zumal der löchrige Asphalt eine flotte Fahrweise rasch vergällte. Nach einigen schweigsamen Minuten geradeaus verschwanden die grauen Wohnblocks zu beiden Seiten, und die Mörfelder Landstraße zog ihre schnurgerade Bahn zusammen mit einem verlassenen Straßenbahngleis durch ein Waldstück. Wieder verlangsamte der rote Lieferwagen, er blinkte nach links und bog in eine Grundstückseinfahrt. In eine mannshohe Mauer war ein Portal aus großen Sandsteinquadern eingelassen, verschlossen von einem grünen Eisentor. Er wartete eine Weile, bis sich das Tor öffnete. Ich erkannte hinter einem von gestutzten Platanen bewachten Vorplatz einen großen Herrschaftssitz mit vier dicken Säulen, die ein Vordach in zweistöckiger Höhe trugen. Der Wagen fuhr ein, und das Tor schloss sich wieder.

»Zufrieden?«

»Zufrieden.«

Meine Mutter wendete den Wagen und fuhr zur Eisdiele am Zoo.

Nachforschung in Sachsenhausen

»Was willst du denn noch? Wir haben das Kennzeichen. Jetzt sag endlich deinem Vater Bescheid!«

Roman war sauer. Wir saßen in meinem Zimmer. Das heißt, ich saß, Roman lümmelte auf dem Bett.

»Vielleicht können wir mehr rauskriegen«, antwortete ich, »wir wissen jetzt, wo sie wohnen. Und mit dem Abhauen scheinen sie es nicht eilig zu haben. Also können wir ruhig noch etwas herumschnüffeln.«

»Und wenn sie gar nicht da wohnen? Vielleicht hat Alf in der Mörfelder Landstraße bloß was abgeliefert.«

Dieser Gedanke war mir noch nicht gekommen. Das ärgerte mich.

»Mann, Muckel«, fuhr Roman fort, »willst du das wirklich alles auf deine Kappe nehmen? Und wenn diesem Perjau was passiert?«

»Wer wird die Gans schlachten, die goldene Eier legt?«

»Was denn für 'ne Gans?«

»Eine Redewendung, Mann! Sie werden Perjau nichts tun, weil er wichtig für sie ist.«

»Vielleicht nicht mehr. Jetzt, wo wir ihnen auf die Schliche gekommen sind, kriegen sie womöglich Fracksausen, begnügen sich mit dem, was sie haben, und hauen ab. Und Leute, die zuviel wissen, beseitigen sie, wenn du weißt, was ich meine.«

»Klar weiß ich, was du meinst. Aber mal langsam: Die Gangster glauben, dass spielende Kinder eine Geheimtür in einem Keller entdeckt haben und neugierig geworden sind. Aber schließlich wurde das Versteck nicht aufgebrochen – warum also sollten sie sich als Bilderdiebe entlarvt fühlen? Sie werden das Versteck wechseln und danach weitermachen wie gehabt. Ich glaube nicht, dass der Schieler unsere Begegnung damals in der Ruine verraten hat.«

Roman nickte nachdenklich. »Warum bloß hat er dich nicht verpfiffen, als er dich gestern im Kellergeschoss entdeckt hat?«

»Keine Ahnung. Also kommst du nun mit?«

»Wohin noch gleich?«

»In die Mörfelder Landstraße.«

»Und wenn er da bloß einen Besuch gemacht hat?«

»Dann finden wir das raus.«

»In der Gegend kenn ich mich überhaupt nicht aus.«

»Denkst du ich? Wozu gibt es Stadtpläne?«

Ich zog einen aus dem Bücherregal im Wohnzimmer und breitete ihn auf meinem Bett aus, wo wir ihn studierten.

Roman nickte schließlich. Er rief seine Mutter an, um sich bis zum Abendessen abzumelden. Ich schrieb meinem Vater einen Zettel; Frau Werschke war heimgegangen. Dann machten wir uns auf zur U-Bahn. Mit jedem Meter, den wir uns von zu Hause entfernten, sank mein Mut, und Roman schien es nicht anders zu gehen. Die Sonne verschwand, düstere fremde Gesichter blickten uns an, und als die U-Bahn unter Tage fuhr, schienen die Stationen von Halt zu Halt schmuddeliger zu werden. Schließlich endete die Fahrt. Doch als wir die Rolltreppe vom Südbahnhof heraufkamen, kam mir alles fremd vor.

»Und jetzt?«, fragte Roman.

»Ich weiß nicht, irgendwie erkenn ich nichts wieder. War ja auch noch hell vorhin.«

»Aber du sagst doch, es war in der Mörfelder Landstraße.«

»War es auch. Aber nicht hier.«

»Mir hat in grauer Vorzeit mal jemand gesagt, es gebe Stadtpläne.«

»Schon gut! Ich hatte auf dem Plan gesehen, wie nah der Südbahnhof an der Mörfelder Landstraße liegt. Und deshalb dachte ich, wir brauchen den Plan nicht mitzunehmen.«

»Und jetzt?«

»Das hast du schon mal gefragt.«

»Und – hast du schon was geantwortet?«

»Nee, aber warte mal ...«

Ich fragte einen vorbeigehenden alten Mann, wo die Straße durch ein Waldstück führe.

»Da müsst ihr noch ein ganzes Stück in diese Richtung«, sagte er, winkte mehrmals Richtung Westen und betonte das ganze Stück so, dass es sich wirklich nach weit anhörte. »Ihr könnt aber auch den Einundsechziger nehmen; der fährt vom Diesterwegplatz los und biegt vor dem Waldstück nach Niederrad ab.«

Der Diesterwegplatz, erklärte er weiter, liege auf der anderen Seite des Bahnhofs. Wir bedankten uns und schaukelten eine Viertelstunde später mit dem Bus durch die Sachsenhäuser Kurven. Der Fahrer hatte einen ähnlichen Fahrstil wie meine Mutter, und dass sein Wagen nicht ganz so handlich war, schien ihn nicht zu stören. Eine dicke Frau, die ebenso wie wir keinen Sitzplatz gefunden hatte und mit einer Menge vollgestopfter Tüten beladen war, kämpfte in jeder Kurve um ihr Gleichgewicht und schüttelte entrüstet den Kopf. Ob der Busfahrer auch jemanden verfolgte? Vielleicht auf Bitten seines Sohnes, der ein Verfolgungsspiel spielte? Ich musste kichern.

»Was ist denn am Busfahren so witzig?«, wollte Roman wissen, und ich erklärte es ihm, worauf er auch kichern musste. Das tat uns gut, denn es löste die Beklemmung etwas, die uns beschlichen hatte. Dann erreichte der Bus das Waldstück und bog nach Norden ab. Wir stiegen an der nächsten Station aus und liefen zurück. Neben der schnurgeraden Straße lief das verlassene Straßenbahngleis entlang, dahinter folgte ein schmaler Fußweg und ein ebensolcher bepflanzter Streifen. Noch weiter dahinter erhoben sich lange Mauern und Zäune, gelegentlich unterbrochen von breiten Grundstückseinfahrten. Nach etlichen Metern erkannte ich das Portal mit den großen Sandsteinquadern wieder. Ein hoher Baum, von einer wuchernden Schmarotzerpflanze zugewachsen, stand wie ein Wächter an der Pforte, ihm zur Seite zwei Laternen. Roman hielt mich am Arm fest und zeigte nach oben.

Oberhalb der Gartenmauer blickte eine Kamera reglos auf die Zufahrt. Ich trat genau in ihren Blickwinkel, ging hin und her, vor und zurück, aber die Kamera folgte mir nicht.

»Vielleicht hat sie ein Weitwinkelobjektiv.«

»Hm …«

Ich deutete nach rechts, wo die sauberen Sandsteinquader abgelöst wurden von einer alten, knapp mannshohen Mauer mit bröckeligem Putz, über die von der anderen Seite dichte Sträucher wuchsen. Der Schein der beiden Laternen verlor dort rasch an Helligkeit.

»Was um Himmels willen hast du vor?«

»Na, mich ein wenig umzuschauen natürlich. Oder haben wir den weiten Weg gemacht, um uns ein Gartentor anzugucken?«

Roman holte tief Luft. »Wie willst du das anstellen? Wenn du hier in der Nähe nur mal niest, heult sicher eine Alarmanlage los und eine Koppel Bluthunde kommt angerast!«

»Abwarten.«

Ein kleiner knorriger Strauch dicht an der alten Mauer diente mir als Trittleiter, und ich tastete, ob obenauf Scherben oder Nägel zum Schutz vor Einbrechern eingemörtelt waren. Aber es gab keine. Langsam zog ich mich hoch und sah über die Mauer.

Roman blickte nervös nach allen Seiten und grummelte vor sich hin. Ich konnte durch die Büsche nicht viel erkennen. Die riesige Villa lag wie das ganze Grundstück in völliger Dunkelheit; vor dem Eingang schien eine Limousine zu stehen. Keine Alarmanlage heulte, kein Hund bellte. Es war fast verdächtig, wie still es blieb. Ich ließ mich wieder herunter.

»Lass uns besser abhauen«, bat Roman.

»Sei nicht so ein Hasenfuß«, antwortete ich, was mir half, die eigene Hasenfüßigkeit in Schach zu halten. Meine Abenteuerlust behielt die Oberhand. Ich sah mich um.

»Wir haben dunkle Klamotten an, hier ist nicht allzu viel Verkehr, und die Straße ist ein ganzes Stück weg. Ich klettere auf die Mauer.«

»Auf die Mauer? Bist du noch bei Groschen? Wenn die uns erwischen!«

Die Vorstellung, von Alf oder gar vom Gangsterboss erwischt zu werden, behagte auch mir nicht, doch ich vertraute auf meine wachen fünf Sinne und unsere Einsen in Sport. Wie sich später zeigen sollte, war das etwas einfältig.

»Wenn jemand kommt, hauen wir einfach wieder ab. Nicht umsonst ist deine Sportnote die beste im Zeugnis, oder?«

»Schon, allerdings, wenn ich an meinen letzten Notendurchschnitt denke, muss das nicht viel heißen …«

»Jetzt mach dir nicht ins Hemd. Wir bleiben eine Weile oben auf der Mauer sitzen, und wenn sich nichts regt …«

»Dann?«

»… sehen wir weiter.«

Ich steckte die Hände in die Taschen und schlenderte in der Einfahrt auf und ab. Wenn uns jemand durch die Kamera sah, müsste er jetzt misstrauisch werden, und irgendwer würde vielleicht auftauchen. Roman lamentierte, lief mir wie ein junger Hund hinterher und versuchte, mich von meinem Vorhaben abzubringen. Ich schob seine Bedenken beiseite und erklärte, notfalls ohne ihn was zu unternehmen, und er könne ja wieder heimfahren. Darauf fluchte Roman seinen Lieblingsfluch, und das ließ mich aufatmen, denn es bedeutete, dass er nachgab.

Auch weiterhin gab es kein Anzeichen, dass jemand unsere Anwesenheit bemerkt hatte. Ein einsamer Jogger schnaufte die Straße entlang, ohne uns eines Blickes zu würdigen. Als er vorbei war, sah ich die leere Straße hoch und runter.

»Jetzt probieren wir es«, beschloss ich. Wir traten aus dem Laternenschein und hielten uns dicht an der alten Mauer. Ein Wagen fuhr vorüber. Wir blieben stehen, sahen uns noch einmal kurz um, und dann zog ich mich rasch die Mauer hinauf. Roman fluchte noch einmal leise und schickte ängstliche Blicke in alle

Himmelsrichtungen. Dann folgte er mir und hockte sich oben auf der Mauer neben mich. Wir sahen auf ein riesiges, von Wald eingefasstes Grundstück, auf dem das große Gebäude mit den Säulen nur als dunkler Klotz erkennbar war. Die Platanen standen auf dem Vorplatz der Villa in Reih und Glied wie eine Wachkompanie. Die Limousine war noch immer vor dem Haupteingang.

»Komisch«, flüsterte ich, »nicht eine Laterne, nicht ein einziges Fenster erleuchtet!« Noch immer kein Hundegebell, keine mit Bewegungsmeldern verbundenen Lampen, die durch unsere Kletterei eingeschaltet wurden. Keine Tür, die sich öffnete und aufgeregte Wachmänner in den Hof entließ. Eine Weile blieben wir schweigend und umherblickend sitzen. Schließlich drehte ich mich um und machte Anstalten, mich jenseits der Mauer hinunterzulassen.

»Herrgott, Muckel!«, stöhnte Roman leise.

Zentimeterweise ließ ich mich sinken, blickte dabei abwechselnd über die linke und die rechte Schulter, bereit, bei dem kleinsten Anzeichen von Gefahr blitzartig wieder hochzuklettern. Aber lange konnte ich so nicht hängen bleiben. Als meine ermüdenden Arme eine Entscheidung verlangten, ließ ich mich zwischen das Gestrüpp an der Mauer fallen. Ich duckte mich wie ein Panther, spähte angestrengt nach überall und hielt den Atem an. Wie eine Statue verharrte ich, bis mir die Muskeln schmerzten. Auch Roman oben auf der Mauer schien kaum zu atmen. Die Mauerkante loszulassen und hinunterzuspringen, das hatte meinen Herzschlag doch um einiges beschleunigt, und das nicht wegen der Anstrengung. Jetzt war ich kein neugieriger Junge mehr, jetzt war ich ein Einbrecher, eine dunkle Gestalt auf einem Grundstück, auf dem dunkle Gestalten nichts zu suchen hatten und auf die vielleicht auch ein rechtschaffener Hausbesitzer eine Flinte anlegen würde. Doch das Anwesen lag weiterhin still und schlafend da. Ganz allmählich richtete ich mich auf.

»Ich glaube, du kannst herunterkommen. Die Luft ist rein.«

»Wollen wir uns das Ganze nicht noch mal überlegen?«, jammerte Roman. »Was wir hier tun, ist Hausfriedensbruch!«

»Zuerst mal Landfriedensbruch«, verbesserte ich; schließlich war ich hier der Sohn eines Polizisten. »Aber falls es dich beruhigt: Wenn hier wirklich die Gangster wohnen, rufen sie bestimmt nicht die Polizei.«

»Beruhigt mich kolossal«, stöhnte Roman, »statt dessen werden sie uns gleich wie Karnickel abknallen.«

»Jetzt mach dir nicht dauernd ins Hemd. Inzwischen dürfte doch klar sein, dass uns keiner bemerkt hat. Sicher hocken alle vor der Glotze, oder sie gucken im Internet nach dem billigsten Flug nach Südamerika, wenn überhaupt jemand da ist. Sieht jedenfalls nicht danach aus.«

Noch einmal ließ ich meinen Blick über das einsame Grundstück schweifen und zuckte doch etwas zusammen, als das trockene Laub auf der Erde unter Romans herabplumpsendem Gewicht raschelte.

»Und jetzt?«

»Frag doch mal was anderes, Junge. Wo wir schon drin sind, sehen wir uns das Ganze mal aus der Nähe an.«

Zum Glück lag das Laub nur in der Nähe der Mauer unter den Sträuchern. Sobald wir den Rasen betreten hatten, waren unsere vorsichtigen Schritte nicht mehr zu hören. Zögernd näherten wir uns in geduckter Haltung dem mächtigen Gebäude. Nicht dass ich mir Hundegebell oder Sirenen gewünscht hätte, aber diese merkwürdige Stille war auch nicht ohne. Nur ab und zu drang das Geräusch eines vorbeifahrenden Autos schwach an mein Ohr. Bisher deutete nichts außer dem Auto vor dem Eingang darauf hin, dass das Haus bewohnt war.

Roman zeigte auf einen großen Schatten neben einem Seitenanbau des Hauptgebäudes. »Ist das der rote Transit?«

»Wir sehen mal nach.«

In wenigen Sekunden hatten wir den Wagen erreicht. Roman besaß einen Schlüsselanhänger mit eingebautem Lämpchen, dafür gedacht, nachts Autotürschlösser zu finden. Mit diesem Ding, das Romans Vater von irgendeiner Messe als Werbegeschenk mitgebracht hatte, erkannten wir das Nummernschild: F-JL 1394.

»Volltreffer! Aber wir sollten uns auch die Nummer des anderen Wagens ansehen.«

Der stand mitten auf dem großen Vorplatz. Nervös machte uns nicht nur das Knirschen unserer Schritte auf dem Kies, sondern auch, dass es auf dem Weg zum Auto keine Deckung gab. Wenn nun jemand die Eingangstür öffnete? Diesen Gedanken verscheuchte ich besser.

Endlich waren wir nahe genug, um den Wagen selbst, einen großen Audi, als Deckung benutzen zu können.

»F-VM 249«, stellte ich fest, »hast du was zu schreiben?«

»Nee.«

»Dann merk dir die Nummer.«

»Frankfurt-verrückter Muckel und ein Tausenderviertel minus eins«, flüsterte Roman.

»Wie bitte?«

»Meine Eselsbrücke.«

»Sehr schön.«

»Und jetzt? Ich meine, so weit, so gut. Was nun?«

»Jetzt klettern wir da rauf«, sagte ich und deutete auf den Anbau, der eine Garage oder einen großen Gärtnerschuppen beherbergen mochte. Er hatte ein Flachdach und eine stabile Regenrinne, die zum Hochklettern einlud.

»Also Muckel, jetzt mach mal halblang, bisher …«

»Schon gut, wenn du's nicht schaffst, kannst du auch hier unten warten.«

»Nicht schaffen? Ich bin schneller oben als du!«

Das wollte ich hören, und Roman behielt als ehemaliger Vereinsturner Recht. Affenartig sprang er auf eine Mülltonne aus Hartplastik, umklammerte das Metallrohr und hatte sich im Nu auf das Dach hochgezogen. Ich brauchte ein bisschen länger. Die

Kletterei und die Aufregung vertrieben die Kälte. Und Roman hatte schon wieder was entdeckt.

Ein schmaler Spalt, durch den ein schwacher Lichtschein drang, ließ sich von hier aus in einem Fenster des Hauptgebäudes ausmachen. Beim Näherkommen erkannten wir, dass er von einem dicken Vorhang herrührte, der nicht ganz zugezogen war.

»Ein bisschen zu hoch«, stellte ich fest, »zu dumm.«

»Warte mal. Die Mülltonne, auf die ich draufgeklettert bin, hat gewackelt wie eine leere. Vielleicht können wir sie hinaufbugsieren.«

Gesagt, getan. Roman turnte wieder hinunter, und weil es eine kleine Biomülltonne war, gelang uns nach ein paar schweißtreibenden Fehlversuchen, sie hebend und ziehend und ohne all zu viele Schleifgeräusche aufs Dach zu hieven.

»Und wie kommst du jetzt wieder hoch?«, keuchte ich vom Dach herunter.

»Kein großes Problem. Mit Tonne ging es bloß etwas einfacher.« Und wirklich stand Roman bald wieder neben mir auf dem Dach. Ob mir der Abstieg ohne Tonne allerdings so gut gelingen würde? Wir schoben sie unter das Fenster, und ich kletterte hinauf. Langsam richtete ich mich auf, bis ich durch den Spalt blicken konnte.

»Was siehst du?«, zischte Roman herauf.

»Komm hoch, der Deckel ist breit genug für uns zwei.«

Doch Roman war zu ungestüm, und die Tonne wackelte gut hörbar. Wir hielten uns aneinander fest und den Atem an. Nachdem sich ein paar Minuten lang nichts gerührt hatte, lugten wir zusammen durch das Fenster. Um beide durch den Spalt sehen zu können, mussten wir unsere Köpfe fast übereinander legen, und das erforderte einige Verrenkungen.

Wir sahen eine hohe, von altmodischen Lüstern erleuchtete Eingangshalle mit Marmorboden, Marmorsäulen und goldgerahmten Bildern an den Wänden. An der linken Stirnseite musste der Eingang sein. Auch das rechte Ende der weiträumigen

Halle war vor unseren Blicken verborgen. Zu beiden Seiten der Halle führten breite, teppichbelegte Freitreppen auf die Galerie des ersten Stocks. Eine der Treppen lief genau auf unser Fenster zu und dann, von einem Absatz unterbrochen, im rechten Winkel weiter nach oben.

Plötzlich erschien genau vor unseren an der Scheibe platt gedrückten Nasen der Rücken eines grauen Jacketts mit Ellbogenflicken. Nur mit einem zirkusreifen Balanceakt gelang es uns, nicht von der Tonne zu fallen. In dem Jackett steckte natürlich ein Mann, und der war mit einem zweiten Mann die Treppe heruntergekommen, langsam, in ein Gespräch vertieft. Auf dem Treppenabsatz, wenige Zentimeter vor unseren Köpfen, machten sie Halt. Erneut wäre ich fast von der Tonne gekippt, als ich in dem zweiten Mann den Gangsterboss erkannte. Durch die dünnen Fensterscheiben konnten wir ihre Stimmen hören. Der Mann im Flickenjackett war ein Fremder, mittelgroß, Stirn und Kinn waren fliehend, die Haare farblos, dünn und zurückgekämmt, und obwohl wir ihn nur von schräg hinten sehen konnten, war seine Aufregung nicht zu verkennen.

»… musst du verstehen, Bruno. Ich habe ungeheure Kosten. Wir haben jetzt alle die Polizei an den Hacken. Die Männer wollen ihr Geld.«

So hieß also der Boss: Bruno. War ich diesem Namen nicht kürzlich irgendwo begegnet?

Bruno legte seinen Arm um die Schultern des Fremden. »Natürlich, mein Lieber«, säuselte er, dass mir ein Schauer übers Rückgrat rieselte, »das Geld werdet ihr auch kriegen, schließlich weiß ich, was die Arbeit erstklassiger Fachleute wert ist. Aber ein Coup dieses Kalibers verlangt nun mal einen langen Atem. Glaube mir, deine Geduld wird sich lohnen.«

»Es geht ja nicht nur um mich«, jammerte der Fremde unterwürfig, »wie sollen die Männer jetzt auskommen?«

»Du hättest nicht so viele mit ins Boot ziehen sollen.«

Der Fremde stieß einen zaghaften Laut des Unwillens aus.

»Das war doch aber besprochen! Ein Mann weniger, und das Ding wäre undurchführbar gewesen. Das Städel ist nun mal kein Selbstbedienungsladen.«

»Schon gut, Dieter, du hast sicher Recht. Ich hoffe, diese Burschen halten dicht.«

»Natürlich, aber ich kann für nichts garantieren, wenn sie noch länger auf ihr Geld warten müssen.«

Die beiden Männer wandten uns den Rücken zu und gingen die letzte Treppe hinunter.

»Etwas Geduld müsst ihr noch haben«, sagte Bruno, »du weißt, wir haben noch andere Eisen im Feuer. Ich rufe dich in den nächsten Tagen an. Bis dahin darf auf keinen Fall was durchsickern ...«

Weiter war nichts mehr zu verstehen. Bruno klopfte Dieter unten in der Halle zum Abschied auf die Schulter, und die beiden verschwanden nach links aus unserem Blickfeld.

Plötzlich wurde es auf dem Vorplatz hell, und wir hörten die Stimmen der Männer von außen her. So leise wie möglich glitten wir von unserem Podest und legten uns platt aufs Dach, als wir auch schon den Motor des Audi anspringen hörten.

»Hoffentlich bemerkt Dieter die fehlende Biomülltonne nicht«, flüsterte Roman, aber Dieter schien ganz andere Sorgen zu haben. Der Kies spritzte unter den Reifen weg, in einiger Entfernung jaulte der Elektromotor, der das grüne Tor öffnete, und in wenigen Sekunden war der Audi verschwunden. Die Haustür schlug zu, Stille und Dunkelheit breiteten sich erneut aus, und wir waren froh, unsere Bäuche nicht mehr auf das eiskalte Dach pressen zu müssen.

Da wurde die Stille von einem Knall erschüttert, es folgte lautes Rumpeln – und dann nichts mehr. Ich schwankte zwischen Flucht ergreifen und wieder auf die Mülltonne klettern. Meine Neugier siegte, und Roman ließ wieder seinen Lieblingsfluch hören. Vorsichtig blickten wir, nachdem wir uns zum zweiten Mal auf der Tonne ausbalanciert hatten, durch den Vorhangschlitz. Gerade kam jemand die gegenüberliegende Treppe heruntergehastet. Zwei Blicke genügten, um ihn zu erkennen: ein dicker Mann mit Kinnbart, den jeder Kindergarten als Weihnachtsmann engagiert hätte, wenn da nicht ... Ja, in seinen Augen stand auch jetzt Angst. Er stürzte beinahe, klammerte sich an das Geländer, sah sich gehetzt nach allen Seiten um und stolperte die Treppe hinunter. Er erreichte den Fuß der Treppe und lief nach links Richtung Ausgang. Doch dann erstarrte er wie vom Donner gerührt. Langsam hob er die Hände über den Kopf. Im nächsten Moment betrat Bruno die Bildfläche. Bruno – jetzt fiel es mir ein! Bruno Brauwasser, der Flüchtige aus dem Zeitungsartikel! Er kam von rechts, hielt einen Revolver in der Hand und ging langsam auf Perjau zu. Oben am Treppenabsatz, wo Perjau vor wenigen Sekunden aufgetaucht war, erschien ein weiterer Mann, ein großer mit Boxerschultern und vorspringendem Kinn.

»Da haben wir das Briefkasten-Trio ja komplett!«, flüsterte ich.

Alf wirkte benommen und hielt sich den Kopf. Bruno sprach abwechselnd zu Perjau und zu Alf gewandt und machte mit dem Revolver eine herrische Bewegung Richtung Treppe. Alf kam jetzt herunter, packte Perjau wütend am Arm und zerrte ihn die Treppe hinauf, während Bruno die Waffe einsteckte, den beiden kurz nachblickte und schließlich dort verschwand, wo er hergekommen war.

»Mann«, flüsterte Roman, »wir haben die Gaunerhöhle gefunden. Perjau wollte anscheinend fliehen. Aber jetzt lass uns abhauen, bevor sie uns bemerken.«

Unerwartete Wendung

»Warte«, sagte ich, »vielleicht können wir versuchen, ihn zu befreien.«

»Bist du vollkommen übergeschnappt?«, schnaubte Roman. »Warum lassen wir das nicht die Polizei machen?«

»Okay. Aber eins versuchen wir noch herauszufinden: wo genau sie Perjau eingesperrt haben. Ist doch bis hierher alles gut gegangen, oder?«

»... sagte der Mann, der aus dem fünfzehnten Stock fiel, als er den ersten erreichte!«

Normalerweise wäre ich natürlich zu stolz gewesen, mir von Roman beim Herunterklettern helfen zu lassen, aber jetzt galt nur, so leise wie irgend möglich zu sein, und ohne die Mülltonne war das nicht leicht.

Perjau war von der anderen Seite der Halle gekommen. Wir vermuteten sein Gefängnis also auf der gegenüberliegenden Seite des Gebäudes. Wir schlichen über den Vorplatz, den Eingang sorgsam im Blick und jederzeit bereit, hinter eine der massigen Säulen zu springen.

Zum ersten Mal sahen wir die Rückseite des Gebäudes und darin ein einziges erleuchtetes Fenster. Hinter dem Haus lag ein großer Garten oder ein kleiner Park, und sofort fiel mir eine alte Birke nahe der Hauswand auf, von der aus man einen Blick in das Fenster werfen konnte.

Roman und ich sahen uns an. Er konnte meine Gedanken erraten.

»Also gut«, sagte er mit einem Seufzer, »wir klettern da rauf und werfen einen Blick in das Fenster. *Einen* Blick! Und dann klettern wir brav wieder runter und rufen die Polizei. Und bevor du mir das nicht versprichst, rühre ich keinen Finger.«

Ich versprach es nicht ungern, denn mir wurde trotz aller Turneinlagen allmählich kalt. Der Baum war wie zum Klettern gemacht; es kostete uns wenig Mühe, gut fünf Meter über dem Boden Beobachtungsposten zu beziehen. Der erste Blick zeigte uns, dass wir auf der richtigen Fährte waren. Perjau stand mit gesenktem Kopf mitten im Zimmer, umgeben von mehreren Staffeleien, auf denen Leinwände verschiedener Größe standen. Ich reckte meinen Hals, um noch mehr von dem Raum sehen zu können. Ich sah noch mehr und schreckte zurück: Alf war auch da. Er deutete auf irgendetwas auf dem Fußboden und redete zornig auf Perjau ein, der teilnahmslos dastand. Alf hörte schließlich auf zu reden, doch seine Wut schien noch nicht besänftigt; unwillig blickte er sich im Zimmer um.

Und dann kam er ans Fenster.

Im Sommer wäre nicht passiert, was dann passierte. Die Birke hätte Laub getragen, und wir wären darin vor Entdeckung sicher gewesen. So aber fühlten wir uns wie auf dem Präsentierteller, als Alf den Fensterriegel umlegte. Im Nachhinein glaube ich, dass er uns gar nicht bemerkt hätte, wären wir nur still geblieben, denn bekanntlich sieht man im Dunklen das Innere eines beleuchteten Zimmers sehr gut, während man umgekehrt aus einem beleuchteten Zimmer nur schlecht nach draußen ins Dunkel sehen kann, und Alf ahnte ja nicht einmal, dass es draußen etwas zu sehen gab.

Was aber passierte, war, dass wir uns vor Schreck bewegten. Und zwar zu viel und zu hastig. Plötzlich krachte ein Ast, und Roman, der eben noch dicht unter mir gesessen hatte, rauschte mit einem kurzen, erstickten Schrei in die Tiefe. Er bekam einen anderen Ast halb zu fassen, was seinen Körper herumwirbeln ließ, aber seinen Fall nur wenig bremste, und dann schlug er mit einem Schmerzensschrei unten auf. Alf hatte das Fenster geöffnet und brauchte etwa fünf Sekunden, um zu begreifen, dass etwas vorging. Im Nu hatte er eine Waffe in der Hand, die selbst in seiner großen Pranke monströs aussah.

»Wer auch immer da draußen ist«, brüllte er, »keine Bewegung!«

Ich war ohnehin zu keiner Bewegung fähig, von einem hauchfeinen Zittern abgesehen. Erst ganz langsam dämmerte mir, dass Alf mich nicht gesehen hatte. Ein leises Wimmern tönte vom Gras herauf.

Was sollte ich tun? Mich gleich zu erkennen geben, bevor Alf mich entdeckte?

Weil es mir in meinem Zustand viel leichter fiel, folgte ich meiner inneren Stimme, die »keinen Mucks!«, befahl.

Hinter Alf flog die Tür auf, und Rico, der Schieler, rannte herein.

»Komm her!«, herrschte Alf ihn an. »Du hältst den Kerl hier in Schach, und ich knöpfe mir den unten vor.« Dann verschwand er mit einer für seine Größe erstaunlichen Geschwindigkeit durch die Zimmertür.

Wenige Sekunden später erschien er hinter dem Lichtkegel einer Taschenlampe unter mir, geduckt wie ein Catcher.

»Aufstehen!«

Roman kam weinend und keuchend auf die Füße.

»Vorwärts!«

Roman humpelte stark und jammerte, wenn er seinen linken Fuß aufsetzen musste. Als Alf erkannte, dass er es nicht mit einem wehrhaften, ausgewachsenen Mann zu tun hatte, sondern mit einem verletzten Jungen, schüttelte er den Kopf und steckte die Lampe in die Hosentasche; dabei streifte mich ihr Lichtstrahl. Ich hielt den Atem an. Doch Alf schnappte bloß Roman an Hosenbund und Kragen und trug ihn ohne Mühe ins Haus. Rico oben am Fenster steckte die riesige Pistole in den Gürtel und schloss das Fenster.

Es hatte mich tatsächlich niemand entdeckt! Niemand kam auf die Idee, dass es mehr als einen Einbrecher geben könnte! Allmählich setzten sich meine grauen Zellen wieder in Gang, und ich schämte mich wegen meiner Untätigkeit. Andererseits würde es Roman und Perjau nichts nützen, wenn ich mich auch einsammeln ließ wie Fallobst.

Nach einer Weile fühlte ich mich in der Lage, herunterzuklettern. Da öffnete sich in Perjaus Zimmer erneut die Tür. Alf schubste Roman hinein, rief ihm noch ein paar Worte hinterher und knallte dann die Tür von außen zu. Perjau blickte den neuen Mitgefangenen verblüfft an. Roman bückte sich mit schmerzverzerrtem Gesicht zu seinem Fuß, und Perjau trat zögerlich, aber offensichtlich hilfsbereit zu ihm. Die beiden sprachen miteinander, nach einigen Sätzen deutete Roman aus dem Fenster, und Perjaus Blick folgte seinem Zeigefinger. Um Himmels willen, dachte ich, wenn einer der Ganoven an der Tür horcht! So schnell es meine zittrigen Arme und Beine zuließen, kletterte ich von der Birke herunter und sauste über den Rasen. Einen kurzen Moment presste ich mich zwischen zwei dunklen Fenstern des Erdgeschosses an die Hauswand und hielt inne. Was hatte ich Größenwahnsinniger mir da eingebrockt? Und was würden die Gauner mit meinem Freund machen?

Hätte ich doch auf Roman gehört! Leute, die zuviel wissen, beseitigen sie; diese Worte gingen mir nicht aus dem Schädel. Gerade wollte ich mich in Bewegung setzen, als durch eines der Fenster, neben dem ich stand, gleißend helles Licht fiel. Sofort presste ich mich dichter an die Mauer. Nach einigen ereignislosen Sekunden riskierte ich einen Blick. Das Fenster gehörte zu einer Küche. Schmutziges Geschirr belagerte die Spüle, leere Flaschen drängten sich neben einem überquellenden Abfalleimer, ungewaschene Kaffeetassen und Untertassen voller Zigarettenkippen bedeckten den großen Küchentisch. Brauwasser stand mit dem Rücken zum Fenster und sprach in sein Handy:

»Wie lange braucht ihr denn noch? Der Maler fängt langsam an, lästig zu werden ... Dieter kann ich auch nicht mehr lange hinhalten ... Natürlich, übermorgen Abend ist es sowieso vorbei, bei der Knallerei wird es nicht auffallen ... hör zu, ich habe das Handy noch mal gewechselt … ja, ist sicherer. Schreib dir die Nummer auf …«

Brauwasser las seine Nummer vor, und ich sprach sie ein paarmal lautlos nach, um sie mir einzuprägen. Knallerei? Übermorgen Abend? Na klar, Silvester. Aber was würde nicht auffallen?

Mir kam ein schrecklicher Verdacht. Jetzt galt es, keine Zeit zu verlieren, und während ich gebückt unter dem Fenster entlang huschte, während ich so schnell, wie ich mich traute, über den knirschenden Kies stakste, während ich über das Gras lief, zwischen die Büsche kroch, über die Mauer kletterte und auf der anderen Seite, wo gerade ein Wagen vorbeifuhr, in die Knie sank, so wie gestern, als ich den Gangstern aus dem Ruinenkeller entkommen war – während all dessen spukte mir die Telefonnummer im Kopf herum.

Nach ein paar Verschnaufsekunden raffte ich mich auf und rannte los.

An einer Kreuzung passierte ich einen Kiosk. Ich alarmierte nicht den Besitzer, der mit verschränkten Armen am Tresen lehnte und den Fernseher im hinteren Teil seines Verkaufsraumes beobachtete, ich hielt keines der vorbeifahrenden Autos an, ich hämmerte nicht an die nächstbeste Haustür, um Hilfe zu rufen.

Was ich hätte tun sollen, tat ich nicht. Ich rannte auf eine Telefonzelle zu, nestelte ungeduldig meine Telefonkarte heraus und wählte.

Es war aber nicht die Nummer der Polizei, auch nicht die meines Vaters.

Eine ganze Weile verstrich, bis sich jemand meldete.

»Ja?«

Einfach »Ja«? Ich konnte die Stimme nicht wiedererkennen.

»Dieter hier«, sagte ich und drückte meine Stimme an ihren unteren Rand, »wer spricht?«

»Ich bin es selbst«, sagte die Stimme nach einer Pause, und

jetzt war kein Zweifel mehr, dass ich mit Bruno Brauwasser sprach. Nur mit Mühe konnte ich meiner Stimme einen festen Klang geben.

»Wir müssen uns sofort treffen«, sagte ich eilig, »es ist was passiert. Kommt sofort alle zum vereinbarten Treffpunkt.«

Das war natürlich gepokert. Wenn es einen solchen Treffpunkt überhaupt nicht gab?

»Was ist denn los?«

»Kann ich dir am Telefon nicht sagen. Es ist wichtig, dass ihr sofort kommt ... und dass ihr alle kommt!«

Erneute Pause. Bruno, dachte ich, bist du noch da?

»In Ordnung«, sagte Brauwasser gedehnt, »keine Aufregung. Wir kommen.«

Klick.

Langsam ließ ich den Hörer auf die Gabel sinken. Er hatte tatsächlich angebissen. Doch plötzlich fühlte ich mich winzig klein und armselig. Schon wieder hatte ich mir einen Brocken aufgeladen, den ich nicht tragen konnte. Hastig schob ich die Telefonkarte wieder in den Schlitz und wählte die Nummer meines Vaters. Doch der Automat meldete die Telefonkarte leer. Ich verpasste ihm einen Fausthieb, der ihn nicht beeindruckte, riss die Tür auf und rannte zurück.

Am Kiosk klebte ein Zettel: »Komme gleich wieder«. Ich winkte einem vorbeifahrenden Auto, doch der Wagen rauschte mit unverminderter Geschwindigkeit vorbei. Aus der Gegenrichtung rumpelte ein Lastwagen heran, dem ich mit beiden Armen Zeichen zum Anhalten gab, doch der Fahrer hupte bloß und fuhr weiter. Jetzt war auf der langen Geraden kein Wagen mehr in Sicht. Ich stampfte mit dem Fuß auf, schniefte einmal kräftig und lief zurück zum grünen Eisentor. Ich kauerte mich neben den knorrigen Strauch vor die alte Mauer und beobachtete die Einfahrt. Die kalte Luft brannte in meinen Lungen.

Nichts passierte. Hin und wieder brummte ein Auto vorbei, doch aus der Villa drang kein Laut. Die Minuten vergingen, und der Frost kroch unter meinen Anorak. Natürlich haben sie deinen Trick durchschaut, sagte ich mir, so blöd können sie gar nicht sein, um auf so was Läppisches reinzufallen.

Aber dann sprang in der Nähe ein Motor an, das Geräusch kam näher, das Tor öffnete sich, zwei Lichtkegel durchschnitten die Dunkelheit, und der rote Transit preschte durch die Pforte und nahm auf der Mörfelder Landstraße Fahrt auf in Richtung Innenstadt.

Teufel noch mal, es gab also einen vereinbarten Treffpunkt! Jetzt war jede Sekunde kostbar. Dieser Treffpunkt konnte kilometerweit weg sein – oder um die Ecke. Ich nahm denselben Weg zurück zur Villa, den Roman und ich gekommen waren. Jetzt sprintete ich über den Kies; es war ja keiner da, der mich hören konnte. Abrupt bremste ich, dass die Kiesel flogen. Ich sah noch einmal ganz genau hin, denn es war in der Dunkelheit schwer auszumachen: Wirklich, die Haustür war nur angelehnt. Am liebsten hätte ich ein Triumphgeheul losgelassen. Es war zu schön! Die Kerle hatten meinen Anruf so ernst genommen, dass sie Hals über Kopf aus dem Haus gestürzt waren! Ich fühlte mich wie James Bond persönlich und war mit zwei Schritten an der Tür.

Doch Millimeter vor der Klinke zuckte ich zurück. War das eine Falle? Das ging doch etwas zu einfach. Ich steckte meinen Kopf durch die Tür. Die Eingangshalle lag hell erleuchtet, aber verlassen da. Nein, entschied ich, sie sind einfach panikartig abgehauen.

Während ich den Marmorboden mit seinem sternförmigen Mosaik querte – die Halle wirkte mit ihren Goldverzierungen so respekteinflößend, dass ich trotz allem Ernst der Lage nicht wagte zu laufen –, schlug es wie ein Blitz in mein Bewusstsein: Es konnte nicht stimmen. Es konnte keine panische Flucht gewesen sein; dafür war der Ford viel zu spät losgefahren. Und genau so zu spät hatte ich das begriffen.

Die Eingangstür knarrte, ich wirbelte herum und blickte in

Bruno Brauwassers böse grinsendes Gesicht. Ich Idiot hatte nicht einmal darauf geachtet, wie viele Männer im Transit gesessen hatten.

»Na also«, knurrte Brauwasser und kam langsam auf mich zu, »ich wusste doch, dass damals in unserem Kellerversteck zwei Fahrräder vor der Tür standen. Dachte mir gleich, dass es auch diesmal zwei Grünschnäbel sein müssen, die uns in die Quere kommen. Wie heißt du?«

»Mirko«, stammelte ich.

»Du hast da einen kleinen Fehler gemacht, Mirko. Ich weiß nicht, woher du Dieter kennst. Dumm nur, dass Dieter meine neue Handynummer noch gar nicht wissen konnte. Außerdem musst du als Stimmenimitator noch eine Menge lernen.« Er deutete auf die Treppe zur Linken. »Da rauf!«

Den Weg hinauf und entlang der Galerie nahm ich nur noch verschwommen wahr. Ich kann heute nicht mehr sagen, was ich sah oder dachte. Erst die Gesellschaft von Perjau und Roman brachte mich wieder zu mir.

»Noch ein junger Mann«, seufzte Perjau. Er hatte nicht nur das Aussehen, sondern auch die Stimme eines Weihnachtsmannes.

Gefangen

Perjaus Gefängnis – ein weiter Raum mit hoher Stuckdecke und freundlicher altmodischer Tapete – war voll gestellt mit Staffeleien, Hockern, Beistelltischen verschiedener Größe, übersät mit Paletten, Töpfchen und Schalen. Pinsel in allen Formen und Längen steckten in zahllosen Gläsern, dazwischen farbfleckige Lappen und ungewöhnliche Werkzeuge. Auf einem Bett stapelten sich Leinwände, unterm Fenster stand eine mit Farbklecksen und Scharten übersäte Werkbank, vollgestellt mit Krimskrams. Auf dem Boden hinter der Tür lagen zwei schwere Stative mit großen Scheinwerfern. Zum Schluss fiel mein Blick auf eine Pfütze vor der Tür, in der zwei mit Glasscherben garnierte Butterbrote schwammen.

Auf einem Hocker mit Rollen saß Roman, rotäugig und sehr blass. Er hatte den linken Schuh und Socken ausgezogen und das Bein auf einen kleinen Beistelltisch hochgelegt. Um den Knöchel war ein feuchtes Handtuch gewickelt. Als Roman mich sah, zeigte sich auf seinem Gesicht grenzenlose Bestürzung.

»Jetzt haben sie dich also auch«, sagte er bitter, »und ich dachte, du hättest schon die Polizei gerufen.«

Ich schwieg und vermied es, ihn anzusehen.

»Bist du schlimm verletzt?«, brachte ich halblaut hervor.

»Nun ja«, übernahm Perjau die Antwort mit seiner wohlklingenden Stimme. Er befühlte vorsichtig Romans Knöchel unter dem Handtuch. »Der Fuß ist ziemlich geschwollen. Ich denke aber nicht, dass etwas gebrochen ist. Tut es noch sehr weh?«

»Es geht«, ächzte Roman, »Muckel, du hast doch deinem Vater aufgeschrieben, wo wir sind?«

Ich schüttelte stumm den Kopf, worauf Roman sein Gesicht mit den Händen bedeckte.

Perjau klopfte ihm aufmunternd aufs Bein. »Ich werde das Handtuch noch einmal unters kalte Wasser halten; das ist gut gegen die Schwellung.«

Perjau war uns ein Trost. Aber auch der alte Mann schien erleichtert, Leidensgenossen zu haben und seine Verzweiflung eine Weile beiseiteschieben zu können, indem er uns väterlich umsorgte.

»Jetzt wüsste ich doch gern«, sagte er, nachdem er Romans Knöchel mit dem frisch getränkten Tuch eingewickelt hatte, »wem ich diesen unerwarteten Besuch zu verdanken habe. Wir sind vor lauter Verarzten noch gar nicht dazu gekommen, einander vorzustellen. Mein Name ist Perjau, aber ihr könnt Gustav zu mir sagen.«

Romans Gesicht nahm ein wenig Farbe an, und er streckte Perjau beinahe stolz seine Hand entgegen. »Ich heiße Roman Thaler, und das ist mein Freund Mirko Muckelstein.«

Perjau schüttelte uns die Hände. Ich zog meinen Anorak aus.

»Moment mal«, er stutzte und nahm mich genauer in Augenschein, »irgendwie kommt mir dein Gesicht bekannt vor!«

»Der Briefkasten in der Plieningerstraße«, sagte ich. Gustav überlegte und nickte. Seine Miene verlor nach und nach alle Zuversicht, als wir ihm umständlich die ganze Geschichte erzählten einschließlich der Sache mit dem angezündeten Briefkasten.

»Können Sie uns sagen, was das zu bedeuten hatte?«, fragte ich, als der Maler nach etlichen Rückfragen und Erklärungen im Bilde war.

Gustav, still und blass geworden, tastete nach einem kleinen Tisch. Er schob die Fläschchen darauf beiseite und ließ sich schwer niedersinken; seine Stimme klang brüchig.

»Damit habe ich nicht gerechnet. Was für ein Narr bin ich gewesen.«

Er schwieg und starrte ins Leere. Schließlich fing er an zu erzählen:

»Wie ihr in dem Zeitungsartikel lesen konntet, hatte ich schon vor Jahren mit Brauwasser zu tun; er beauftragte mich damals, bekannte Meisterwerke für ihn zu kopieren. Er zahlte gut, aber ich wurde misstrauisch, als er die Kopien im selben Format verlangte wie die Originale. Also ließ ich ihn eine Erklärung unterschreiben, die ausdrücklich forderte, meine Bilder als Kopien zu kennzeichnen – na, das wisst ihr ja alles. Vor einiger Zeit tauchte er mit der gleichen Masche wieder bei mir auf. Ich hatte aber längst von seinen Betrugsversuchen erfahren und wies ihm die Tür. Da versuchte er, mich zum Komplizen für seinen Riesenbetrug zu machen, und bot mir Geld, sehr viel sogar. Als ich ablehnte, änderte er seine Taktik. Er drohte, meine Mitarbeit notfalls zu erzwingen. Tja, und dann hat er seine Drohung wahrgemacht und mich mit seinen Komplizen hierher verschleppt. Keine Ahnung, wie er an diesen Palast gekommen ist; er muss ihn ein Vermögen kosten.«

»Und hier hat er Sie gezwungen, die Fälschungen zu malen, die Brauwasser gegen die Originale des Städels austauschen ließ?«

Gustav nickte. »Und Glück hatte der Kerl auch noch: Einige Bilder sind ihm wie reifes Obst in den Schoß gefallen. Ich hatte nämlich zu Hause in meinem Atelier einige Kopien, die ich zum Privatvergnügen angefertigt hatte, gewissermaßen als Fingerübung. Und die hat er natürlich sofort mitgenommen.«

»Aber die hatten doch bestimmt nicht die richtige Größe. In dem Zeitungsartikel stand, dass Kopisten andere Formate wählen, wenn sie berühmte Bilder nachmachen«, sagte ich.

Gustav blickte zu Boden und pulte an seinem Daumennagel. »Eigentlich schon. Ich muss zugeben, es hat mich einfach gereizt herauszufinden, ob ich auch Fachleute würde täuschen können. Aber«, beeilte er sich hinzuzufügen, »die Bilder sollten meine Wohnung niemals verlassen! Jedenfalls hat sich Brauwasser in seiner Zeitplanung grob verschätzt, und das, obwohl unter den Bildern, die er bei mir mitgenommen hatte, auch Kopien einiger Städelbilder waren. Es reicht ja nicht, ein altes Bild nachzumalen.

Die Kopie muss auch genauso alt wirken. Ständig musste Brauwasser mir Material besorgen, das eben nicht leicht zu besorgen ist: seltene Farben und Leinwände, die nicht an jeder Ecke zu bekommen sind, teure Chemikalien, spezielle Werkzeuge. Außerdem musste er mir mehrere – und trotz strenger Bewachung für ihn natürlich sehr riskante – Besuche im Städel ermöglichen, um die Originale unter den Lichtbedingungen des Städels zu studieren. Mit einem Farbmessgerät und diesen teuren Scheinwerfern«, Gustav deutete auf die großen Stative hinter der Tür, »haben wir das Licht im Städel nachzuahmen versucht.«

»Ich wusste gar nicht«, sagte ich, »dass man Farben messen kann.«

»Ja, das kann man, und wer ein guter Kopist sein will, muss es damit genau nehmen.«

Gustav holte tief Luft, wechselte die Sitzhaltung und fuhr fort: »Nun, Brauwasser ist mit allen Wassern gewaschen, und darum hat er damit gerechnet, dass man ihm auf die Schliche kommen würde, allerdings nicht so früh. Er versteht nichts von dem mühsamen Handwerk des Kopierens und hat viel zu wenig Zeit veranschlagt. Und dass er bisher viel weniger Bilder stehlen konnte als geplant«, Gustav kicherte, »daran bin ich nicht ganz unschuldig, wie du durch die Ermittlungen deines Herrn Vaters und durch die scharfsinnigen Kombinationen eures Herrn Hövermeiers erfahren hast, Mirko. Jetzt will er allerdings Bilder aus Frankfurter Privatbesitz klauen, denn er weiß, dass sein Städelcoup entdeckt ist.«

»Woher?«

»Die Alarmanlage des Städels wird von einer Elektronikfirma betreut. Er muss da Komplizen haben. Sonst sind die ausgeklügelten Sicherheitsvorkehrungen gar nicht zu überwinden. Und bei dieser Firma wird die Polizei natürlich zuerst vorstellig geworden sein.«

»Aber wozu die Kopien? Warum stiehlt er nicht einfach die Bilder und haut ab?«

»Das habe ich ihn auch gefragt, aber keine Antwort bekommen. Wahrscheinlich kann er bei jedem Einbruch immer nur ein Bild mitgehen lassen. Will er also mehrere Bilder klauen, muss er dafür sorgen, dass man den Braten nicht zu früh riecht.«

»Und was hat es mit dem Briefkastenfeuer auf sich?«, fragte ich.

Gustav seufzte tief, angelte ein halbwegs sauberes Tuch von einem Tisch und wischte sich damit über die Stirn.

»Als ich mehrere Bilder fertig hatte – für meinen Geschmack keine Meisterstücke, aber unter diesen unwürdigen Bedingungen kann niemand mehr verlangen –, da bekam ich es mit der Angst. Was, wenn Brauwasser alle Bilder hatte? Er würde mich kaum mit einem Händedruck verabschieden und geradewegs zur Polizei spazieren lassen. Ich legte den Pinsel aus der Hand und weigerte mich, weiterzumalen. Brauwasser wurde wütend und drohte, mich über den Haufen zu schießen.«

»Und?«, fragten Roman und ich mit großen Augen.

»Ich antwortete, das habe er doch hinterher sowieso vor, also könne er es auch gleich machen.«

»Und dann?«

»Er stritt es rundweg ab. Er sagte, es sei überflüssig, mich zum Schweigen zu bringen, denn die Polizei würde ihn früher oder später ohnehin verdächtigen. Er habe das eingeplant und seine Flucht entsprechend gut vorbereitet; er brauche nichts als ein bisschen Vorsprung. Da nahm ich ihn beim Wort!«

Gustavs Augen leuchteten geradezu, als er fortfuhr: »Ich verlangte, einen Brief zu schreiben.«

»Einen Brief?« Roman und ich sahen uns an. War der alte Herr jetzt durchgedreht?

»Jawohl, einen Brief, und zwar an einen guten Freund, der im Deutschen Generalkonsulat auf der japanischen Insel Okinawa arbeitet. In diesem Brief wollte ich alles über meine Entführung erzählen, alle Namen nennen, alle Verbrechen schildern. Ein Brief nach Japan braucht auf dem Land- und Seeweg wenigstens vier Wochen.«

»Kapier ich nicht«, sagte Roman.

»Ich schlug Brauwasser vor, er könne in dieser Zeit seine dunklen Geschäfte zum Abschluss bringen und verschwinden, und ich bräuchte mich auf sein Wort nicht zu verlassen.«

»Kapier ich immer noch nicht.«

»Aber ich!«, rief ich. »Gustav hat Brauwasser damit verraten, aber seine Aussage gewissermaßen vier Wochen auf Eis gelegt. Brauwasser konnte darauf eingehen, denn er gewann Zeit, hätte aber keinen Vorteil mehr davon, Gustav zu ... äh ... beseitigen. Ganz schön raffiniert.«

»Ha!«, stieß Perjau hervor. »Nicht raffiniert genug. Brauwasser überlegte jedenfalls nur kurz, willigte ein und schlug vor, dass Alf den Brief einwerfen sollte. So dumm war ich natürlich nicht: Ich bestand darauf, den Brief selbst einzuwerfen. Also haben mich die beiden Kerle in die Mitte genommen und keine Sekunde aus den Augen gelassen – du hast es beobachtet, Mirko.«

»Nennen Sie mich ruhig Muckel. Aber warum gerade in der Plieningerstraße?«

Perjau zuckte die Schultern. »Es war wahrscheinlich nur irgendein Briefkasten in einer ruhigen Straße, nicht weit vom Bilderversteck der Kerle, aber auch nicht zu nah dran. Brauwasser hatte den Wagen in der Nähe abgestellt.«

»Verstehe ...«

»Allerdings war ich dumm genug, nicht mit Brauwassers Brandstiftung zu rechnen. Reichlich einfältig von mir!«

Gustav schlug mit der Faust auf seinen Oberschenkel, doch sein Zorn machte sogleich Mutlosigkeit Platz. »Und das bedeutet ...«, sagte er schwach.

»... dass Brauwasser Sie nicht gehen lassen will«, führte ich zu Ende.

Gustav nickte langsam und sah zum Fenster hinaus. »Er hat es nie vorgehabt. Ich Rindvieh!«

Roman versuchte stöhnend, seinen Fuß umzulagern. Gustav drehte sich zu einer Staffelei um und strich andächtig über ein

Bild, das ein altertümliches Studierzimmer zeigte. Darin beugte sich ein langhaariger Mann in weitem blauen Gewand über eine Landkarte, einen Zirkel in der Rechten, und blickte versonnen aus dem Fenster.

»Die Lichtführung ... eines Meisters würdig. Großartige Komposition ... aber Brauwasser kann es nicht mehr gebrauchen ... und jetzt glaubt er, ich könnte die Bilder, die er aus Privatbesitz stehlen will, einfach so nach billigen Nachdrucken kopieren.« Gustav schnaubte und schüttelte den Kopf, dann riss er sich aus seinen Gedanken.

»Ich habe so etwas wohl geahnt. Jedenfalls wollte ich mich nicht auf den Brief verlassen. Ich habe die beiden Scheinwerfer und die Tür so mit einer Schnur verbunden, dass sie dem Ersten, der hereinkommt, auf den Kopf knallen, vermutlich Alf, denn meistens bringt er mir das Essen«, Gustav deutete auf die Pfütze mit den Butterbroten, »Pech, dass Brauwasser auch da war. Alf ging zwar zu Boden wie geplant, und ich gab ihm mit einem Kantholz noch ordentlich eins über den Schädel, aber Brauwasser stellte mich in der Halle.«

»Haben wir gesehen.«

Gustav faltete die Hände und senkte den Kopf, und seine Mutlosigkeit ergriff schleichend Besitz von uns.

»Wie soll es denn jetzt weitergehen?«, jammerte Roman.

»Immer fragst du, wie es weitergeht!«, schrie ich beinahe. »Vielleicht kannst du dir auch mal den Kopf zerbrechen!«

»Ach!«, gab Roman patzig zurück, »Du bist doch sonst immer so schlau! Dir haben wir das hier schließlich zu verdanken!«

»Aber Jungens«, ging Gustav dazwischen, »mit Streit machen wir alles nur schlimmer.«

Wütend kickte ich eine Plastikflasche durch den Raum und starrte aus dem Fenster, im Kopf ein Gedankenkarussell. Draußen nichts als Schwärze. Gustav hatte Recht. Allmählich kehrte mein Kampfgeist zurück. Was hatten wir zu verlieren?

»Wir nehmen alle Tücher und das Bettlaken, knoten sie zusammen, und ich seile mich daran aus dem Fenster ab.«

»Das ist viel zu gefährlich«, protestierte Gustav.

Ich sah ihn fest an. »Gefährlicher, als hier drin zu warten, bis man uns ...«

Er zwickte sich in die Nase und blickte zu Boden.

Also räumten wir das Bett frei, zerrissen Bettlaken und Bezug in mehrere Streifen und knoteten sie in Windeseile mit allen erreichbaren Lappen und Tüchern zusammen. Ich zog prüfend daran. Unter normalen Umständen hätte ich an diesem Faden kaum einen Picknickkorb abgeseilt. Ich schwor mir: Komme ich mit heilen Knochen unten an, gelange ich tatsächlich noch einmal über den Rasen, über den Kies und über die Mauer, dann halte ich sofort den nächstbesten Passanten an und schicke ihn die Polizei alarmieren. Kein Größenwahn mehr, keine Sperenzchen auf eigene Faust!

Ich schob den Krimskrams auf der Werkbank beiseite, öffnete das Fenster und warf das eine Ende unseres Tücherseils hinaus. Ich zog meinen Anorak an und wechselte mit meinen Mitgefangenen einen stummen Blick. Der zweite Blick – aus dem Fenster nach unten – ließ mich um ein Haar einen Rückzieher machen. Doch ich dachte an Alf und seinen riesigen Revolver und gab mir einen Ruck. Roman und Gustav verschafften sich festen Stand und wickelten ein Ende des Seils straff um ihre Handgelenke. Ich setzte es langsam unter Zug und begann mich vorsichtig herunterzulassen, mit klopfendem Herzen und trotz der Kälte schweißnassen Händen, mit denen ich den beängstigend zirpenden Stoff umklammerte. Genau vor meiner Nase zogen sich die Schlaufen eines Knotens unter meinem Gewicht zusammen, und einen Moment lang fürchtete ich, er würde nicht halten. Als ich ungefähr die halbe Strecke zurückgelegt hatte, brach über mir Lärm aus. Das Seil ruckte ein paarmal, so dass ich Mühe hatte, mich festzuhalten, und jede Sekunde ein lautes »Ratsch« erwartete.

»Was ist los, verdammt!«, zischte ich, doch statt einer Antwort wurde ich plötzlich nach oben gezogen. Alf beugte sich über das Fensterbrett und holte mit seinen baumdicken Armen das Seil ein, als wäre ich ein leerer Fischkorb. Im nächsten Moment traf ihn etwas Großes, Dunkles am Kopf, er stöhnte und sackte krachend auf die Fensterbrüstung. Ich rauschte abwärts, das Seil straffte sich mit einem Ruck, und ich wurde herumgewirbelt. Ich sah noch, wie im Erdgeschoss das Licht aufflammte und Brauwasser seinen kalten Blick durch das Fenster auf mich heftete – dann verlor ich den Halt und stürzte gut drei Meter tief aufs Gras.

Mein Kopf vibrierte. Als ich aufzustehen versuchte, sauste die Birke auf mich zu, der Mond am Himmel tanzte Pirouetten, und das Erste, das ich wieder klar erkennen konnte, waren Hosenbeine – Brauwassers Hosenbeine.

Ich blinzelte ein paarmal und sah auf. Brauwasser starrte mich an. Sein eben noch so kalter Blick hatte eine seltsame Verwandlung durchlaufen, sein ganzer Kopf bebte vor unterdrückter Wut. Er schien einen inneren Kampf auszufechten, und ein paar bange Sekunden fürchtete ich, seine Rechte, die sich in kurzen Abständen mehrmals zur Faust ballte, würde zuschlagen.

»Mach, dass du reinkommst«, zischte er, beinahe mit Schaum vor dem Mund, »ich habe bisher noch keine Kinder verprügelt, aber bei dir hätte ich nicht übel Lust, damit anzufangen!«

Mir wurde schlecht. Meine Beine gehorchten mir kaum, als Brauwasser meinen Arm packte und ich mich zum zweiten Mal an diesem Tag die Treppe zu unserem Gefängnis hoch schleppte.

Alf stand in der Mitte des Raumes, halb geduckt, die Augen wutgeweitet wie die eines Stieres, kurz bevor er den Torero auf die Hörner nimmt. Perjau saß zusammengesunken auf einem Stuhl und wischte sich mit zitternder Hand ein Rinnsal Blut aus dem Mundwinkel. Roman kauerte zusammengekrampft und mit bebender Unterlippe auf dem Bett.

»Diese Brut!«, brüllte Alf. »Warum machen wir nicht kurzen Prozess mit ihnen?«

Brauwasser aber hatte sich wieder in der Gewalt. »Ruhig, Alf«, sagte er eiskalt wie immer. Er nahm die zusammengeknoteten Tücher an sich und ließ seinen Blick durch den Raum schweifen. Aber Alf beruhigte sich nicht.

»Das ist das zweite Mal heute, dass ich eins auf die Birne kriege. Aber mit Alf macht das keiner, und schon gar nicht zweimal ...«

»Ruhig, Alf«, wiederholte Brauwasser ungerührt und ließ sich bei seiner Untersuchung des Raumes nicht stören; er steckte ein paar Instrumente mit scharfen Klingen, die an einer der Staffeleien lagen, in seine Sakkotasche.

»Warum soll ich mich beruhigen!«, tobte Alf und fegte mit einem Hieb die Staffelei mit dem Studierzimmerbild um; Gustav stöhnte auf und machte eine hilflose Bewegung. Das Krachen und Scheppern schien Alfs Wut kaum zu besänftigen, und sein Kopf fuhr hin und her auf der Suche nach einer weiteren Zielscheibe für seinen Hass.

Da ging etwas vor sich im Raum, was nicht zu sehen und zu hören war, und doch verebbte der Ausbruch des Riesen urplötzlich. Gustavs und Romans Zittern wich gebannter Starre. Brauwasser hatte bloß langsam den Kopf gehoben und Alf angesehen. Alle Wut schien aus Alf zu entweichen wie Luft aus einem Wasserball. In seinen Augen spiegelte sich kein Zorn, kein Hass mehr, sondern nur noch nackte Angst. Hastig wischte er sich mit dem Handrücken über den Mund, nur mit Mühe schien er ein Zittern zu unterdrücken.

»Du beruhigst dich, weil ich es dir sage!«

Brauwasser hatte leise gesprochen. Nur das »ich« zischte durch den Raum wie ein Wurfmesser.

Alf wusste nicht wohin mit seinen Händen, mit seinen Augen, mit seinem ganzen massigen Körper, er kniete nieder und baute die Staffelei fahrig und ungeschickt wieder auf, dann stolperte er ohne ein Wort hinaus. Brauwasser wandte sich auch zur Tür, blickte mich an und sagte:

»Denk daran: Die nächste Dummheit ist die letzte.«

Rettung?

Wir bekamen an diesem Abend nichts mehr zu essen. Alf brachte Eimer und Wischlappen, mit denen wir die Pfütze und die Scherben beseitigen mussten, die bei Gustavs Fluchtversuch entstanden waren. Alf begleitete widerwillig jeden von uns einmal zur Toilette, und dann warf er ein paar Decken in Perjaus Gefängnis, woraus Roman und ich mehr schlecht als recht ein Nachtlager bauten. Perjau bot uns sein jetzt lakenloses Bett an, aber an Schlaf war nicht zu denken. Alle Hoffnung ruhten auf meinem Vater. Wie spät mochte es sein? Ab wann würde er uns vermissen, und wie konnte er uns finden?

Immerhin ließen sie uns das Licht. Um uns abzulenken, schmiedeten wir einen fantastischen Plan nach dem anderen. Jeder wusste, dass keiner durchführbar war, doch alles war besser, als tatenlos dem Schicksal entgegenzutreiben. Ich erzählte von meinem Vater; er sei ein guter Polizist und würde uns sicher bald finden. Aber so fähig er auch war, zaubern konnte er nicht, und allmählich breitete sich drückende Stille aus in unserem Gefängnis.

Irgendwann muss uns die Müdigkeit übermannt haben, denn in der Nacht riss uns Lärm aus dem Schlaf. Knappe Rufe hallten durch das Haus. Stiefel polterten über die Treppen, und diese Geräusche kamen näher. Unsere Tür flog auf und knallte an die Wand.

Alf stürzte herein, seine riesige Waffe in der Hand. Mit einem Satz war er bei Roman, packte ihn und hielt ihn wie einen Schild vor sich, während draußen vor der Tür Stiefelgetrappel immer näher kam.

Im Türrahmen tauchten in geduckter Haltung zwei bewaffnete Vermummte auf. Über dem Kopf trugen sie schwarze Sturmmasken, am Körper Kampfanzüge mit gepolsterten Westen. Der vordere richtete mit ausgestreckten Armen eine Pistole auf Alf, der zweite lugte um den Türrahmen herum und zielte sichernd einmal in jede Zimmerecke.

»Keinen Schritt weiter!«, brüllte Alf. Die Hand mit der Waffe zitterte; Roman, die Augen weit aufgerissen, zitterte nicht weniger.

Der vordere Vermummte ging langsam in die Knie, bis er eine Stellung einnahm, in der Skispringer zu landen pflegen, und bemühte sich, trotz seiner Atemlosigkeit ruhig zu sprechen.

»Lassen Sie die Waffe fallen.«

»Spar dir die Predigt!«, blaffte Alf, dem Schweißperlen auf der Stirn standen. »Wenn ihr nicht in einer Minute alle verschwunden seid, passiert ein Unglück!«

Perjau und ich konnten zusehen, wie alle Farbe aus Romans Gesicht verschwand. Ein anderes Gesicht aber erschien plötzlich im Türrahmen; ein Gesicht, das ich schon nicht mehr wieder zu sehen geglaubt hatte und dessen Erscheinen mir die Tränen in die Augen trieb.

»Machen Sie doch keinen Blödsinn«, sagte mein Vater und bewegte sich langsam auf Alf zu, »lassen Sie den Jungen los und legen Sie die Waffe hin.«

»Bleiben Sie, wo Sie sind!«, schrie Alf und presste Roman noch fester an sich. Mein Vater, unbewaffnet, blieb stehen und hob beruhigend die Arme.

»Lassen Sie wenigstens den anderen Jungen und den alten Mann gehen.«

»Kommt nicht in Frage! Die bleiben, wo sie sind! Verdammt! Bruno! Wo ist der Kerl?!«

»Ihr Bruno hat sich verdrückt und Sie allein in der Tinte sitzen lassen. Geben Sie auf. Noch können Sie das Schlimmste abbiegen, Alf.«

Auf Alfs Stirn verbanden sich die Schweißperlen zu kleinen Rinnsalen.

»Quatschen Sie keine Opern, Mann! Besorgen Sie mir ein Fluchtauto! Voll getankt! Und ein paar Handschellen! Und keine Wanzen oder Peilsender in dem Wagen, verstanden?«

Unbewegt zielten die Vermummten auf Alf. Alfs Augen flackerten. Ein paar Sekunden lang war nichts zu hören außer dem Keuchen des großen Mannes. Da straffte sich mein Vater und schüttelte kaum merklich den Kopf.

»Denken Sie nach, Alf«, sagte er ruhig und in einem Tonfall, den ich nicht von ihm kannte. »Sie werden keine Sekunde Ruhe mehr haben, wo Sie auch gehen und stehen. Sie sind ganz allein gegen Dutzende von Polizisten. Die kleinste Unaufmerksamkeit, Alf, und Ihr Spiel ist aus.«

Alf schrie auf und schüttelte in einem Wutausbruch den armen Roman heftig durch. »Dann werden Sie eben diese Polizisten verdammt noch mal zurückpfeifen, sonst ...!«

Je lauter Alf wurde, umso ruhiger wurde mein Vater.

»Natürlich, Alf, sicher. Nur ...«

»Nur was?!«

»Können Sie sich darauf verlassen? Sie werden keine Polizisten sehen, aber heißt das auch, dass keine da sein werden?«

Alf bebte wie ein Vulkan vor dem Ausbruch. Verzweifelt suchte er einen Ausweg, fand aber nicht mal mehr Worte. Mein Vater ließ den großen Kerl keinen Sekundenbruchteil aus den Augen, und seine Stimme wurde wie warmer Honig, betäubend, fast hypnotisierend.

»Hören Sie, Alf. Sie sind doch kein Mörder. Wollen Sie bei einem Kind anfangen, einer zu werden?«

Alfs Augen, eben noch flackernd wie eine Lichtorgel, wurden plötzlich ruhig und glasig, als habe jemand den Strom ausgeschaltet, der bis dahin durch seinen Körper zu jagen schien. Er ließ den Revolver sinken, als wisse er nicht, was er damit anfangen solle, und dann ging es rasend schnell. Später erklärte mir mein Vater, dass Alf in diesem Moment unberechenbar geworden war und wir alle höchst zweifelhafte Aussichten gehabt hätten, wären die Männer unter den schwarzen Sturmmasken nicht gedrillt, in Sekundenbruchteilen zu reagieren. Wie aus dem Nichts tauchte plötzlich der Erste der Vermummten auf, und das Nächste, was ich bemerkte, waren das Klack-Bumm, mit dem Alfs Revolver auf den Boden knallte, und der Plumps, mit dem Roman sich auf den Hosenboden setzte.

Alf schüttelte nach diesem Angriff seinen kantigen Schädel und langte verzweifelt nach seiner Geisel, aber er bekam keine zweite Chance. Mit wenigen Handgriffen und beinahe lautlos warf der Vermummte seinen weit größeren und schwereren Gegner zu Boden. Der zweite Vermummte sprang hinzu und setzte ein Knie auf Alfs Rücken, und schon schnappten Handschellen zu. Alf gab alle Gegenwehr auf und keinen Laut mehr von sich.

Mein Vater packte Roman an den Armen.

»Alles in Ordnung, Roman?« Roman, noch sehr blass, nickte stumm. »Muckel, alles okay?« Das war wieder seine gewohnte Stimme, aber diese plötzliche Rückverwandlung vom kühlen Kommissar Muckelstein in meinen Vater verschlug mir die Sprache, so dass auch ich nur wortlos nicken konnte. Mein Vater wandte sich wieder meinem Freund zu.

»Komm, Roman, aufstehen und raus hier.«

Gustav trat hinzu: »Der Junge hat einen Schock! Außerdem ist sein Fuß verletzt.«

Mein Vater warf einen Blick auf den geschwollenen Knöchel und packte Roman kurzerhand auf seine Schultern.

»Mir nach!«

Im Haus musste sich eine ganze Fußballmannschaft Vermummter befinden. Im ersten Stock stürmten sie in Zweiergruppen ein Zimmer nach dem anderen, manche trugen starke Taschenlampen, manche Kopfhörer mit Mikrofon; auch aus dem Erdgeschoss hörte ich Stiefelgetrappel, Rufe und das Krachen berstender Schlösser. Mein Vater brachte uns hinaus auf den Vorplatz. Wo Stunden zuvor Dieters Audi gestanden hatte, standen jetzt drei große schwarze Limousinen, zwei Kleinbusse und ein Krankenwagen. Mein Vater brachte Roman in den Krankenwagen in die Obhut eines Sanitäters, bugsierte Gustav und mich dann in einen der Busse, wo uns ein Polizist in Zivil empfing – niemand anderer als GMM – und setzte sich mir gegenüber. Er fasste meine Schultern und sah mich lange an. Jetzt erst bemerkte ich, wie müde und blass er aussah.

»Mirko ...«

Es gelang mir nicht recht, dem Blick meines Vaters standzuhalten, und meinem Vater schien nicht zu gelingen, die richtigen Worte zu finden.

»Eine Standpauke, die sich gewaschen hat ...«, schnauzte er.

»Ganz meine Meinung!«, murmelte GMM und versuchte, böse zu gucken. Doch der Zorn meines Vaters verflog von einer auf die andere Sekunde: »... die wollte ich dir halten, aber jetzt bin ich einfach nur froh, dass ihr heil und gesund seid, du und Roman.«

»Ganz meine Meinung«, lächelte GMM.

Als mein Vater mich das letzte Mal umarmt hatte, war ich noch ein Kleinkind gewesen. Ich wusste, dass mein Vater sich beide Hände für mich abhacken lassen würde, aber für so was wie Umarmungen war stets meine Mutter zuständig. Er pflegte sich damit zu begnügen, mir flüchtig durch die Haare zu fahren, und das fand ich zwischen uns Männern angemessen. Jetzt drückte er mich, und ich drückte zurück, so fest meine Arme konnten.

Als wir einander losließen, war ich mir nicht ganz sicher – die Deckenleuchte im Bus war nur matt –, aber mein Vater schien rote Augen zu haben. GMM nahm seine Nickelbrille ab, putzte sie an seinem Hemd und sagte mit Kopfschütteln:

»Also, ihr macht Sachen.«

Gustav saß nur zurückgelehnt da und atmete tief durch. Durch die Scheibe sah ich zwei Vermummte, die den gefesselten Alf in den zweiten Bus verfrachteten. Mein Vater schüttelte Gustav die Hand.

»Hauptkommissar Muckelstein. Ich freue mich, auch Sie unversehrt zu sehen, Herr Perjau.«

»Und ich erst«, lachte Gustav weihnachtsmännisch, und sofort ließ meine Aufregung nach. Mein Vater kramte in seiner Manteltasche, fischte sein Handy heraus und drückte ein paar Tasten.

Frau Thaler musste neben dem Telefon gesessen haben, denn sie war sofort am Apparat. Auch wenn wir nur die Hälfte des Gesprächs mitbekamen, war nicht zu überhören, dass Romans Mutter ein mittleres Gebirge vom Herzen fiel. Dann tippte mein Vater die Nummer meiner Mutter; auch sie brauchte nicht lange, um den Hörer abzunehmen, und mein Vater sprach mit ihr wie früher, als hätten sie sich nie getrennt, als säße sie zu Hause und wartete nur, dass ihre Männer heimkämen. Da überkam mich eine dösige Mischung aus Müdigkeit und Zufriedenheit. Die Anspannung ließ nach, ich saß im warmen Polizeibus bei meinem Vater, der wie immer hinten wenig Haare und etwas Speck um die Taille hatte. Hatte ich mich einmal über seine mangelnden Schießkünste beklagt? All diese tollen Kämpfer unter den Sturmmasken, die ganz bestimmt schießen konnten wie die Teufel und einen Brocken wie Alf im Handumdrehen zu Boden warfen – hörten sie nicht alle auf sein Kommando? Hatte nicht er uns aufgespürt? Nein, mein Vater war der beste Polizist der Welt, und darum mussten wir keinen Brauwasser, keinen Alf und keine Revolver mehr fürchten; Gustav war ebenfalls frei und unverletzt und strahlte ansteckend. Ich wollte ewig so sitzen bleiben.

Ein Mann in dunkler Lederjacke klopfte an die Wagentür. »Nichts zu finden, Herr Muckelstein. Keine Bilder, keine weiteren Personen.«

»Das ist unmöglich!«, rief mein Vater. »Brauwasser muss hier sein. Alf hat doch mehrmals nach ihm gebrüllt!«

»Ich hab's gehört. Aber wir durchsuchen ein Haus nicht zum ersten Mal, Herr Hauptkommissar.«

»Trotzdem kämmen Sie bitte noch einmal alles gründlich durch. Aber mit äußerster Vorsicht, der Mann ist gefährlich!«

»Zu Befehl«, seufzte der Mann und machte kehrt.

Ein unwiderstehliches Gähnen riss mir beinahe die Kiefer entzwei.

Der Tag danach

Ich schlief lange in den nächsten Vormittag hinein. Ich träumte, dass ich verfolgt wurde und Beine aus Blei hatte. Näher und näher kamen meine finsteren Verfolger, doch ich bewegte mich wie in Sirup. Gesichtslose Männer holten mich schließlich ein, nein, sie überholten mich. Unter den Armen trugen sie Bilder, und auf jedem war meine Mutter zu sehen.

Nach dem Frühstück erschien mein Vater mit GMM und einem Diktiergerät. Sie fragten nach jeder Einzelheit, angefangen bei unserem Entschluss, nach Sachsenhausen zu fahren, bis zum nächtlichen Einsatz der Polizei. Roman sollte eigentlich dabei sein, aber seine Mutter war mit ihm zur Unfallklinik gefahren, um den geschwollenen Fuß röntgen zu lassen. Nach einem kurzen Mittagessen verschwand GMM, um sich mit Spezialisten von der Spurensicherung das Kellerversteck in der Ruine anzusehen. Mein Vater griff zum Telefon und beauftragte Herrn Kaiser, bei der Post nach Überresten aus dem angezündeten Postkasten zu forschen. Am Nachmittag ging er zu Thalers rüber und stellte Roman Fragen. Dessen Fuß hatte nur eine kräftige Bänderdehnung abbekommen; die Schwellung, sagte der Arzt, würde bald zurückgehen. Die Erinnerung an Alfs stahlharten Griff würde aber wohl nicht so bald zurückgehen. Nach seiner Rückkehr berichtete mein Vater, Roman habe auf dem Sofa gelegen und mit tonloser Stimme die Fragen beantwortet; seine Mutter habe dabeigesessen und ihm hin und wieder die Wange gestreichelt. Romans Vater hatte frei genommen und versucht, ihn mit Spielen auf andere Gedanken zu bringen, aber Roman habe nur stumm den Kopf geschüttelt.

Währenddessen besuchte mich meine Mutter. Lange sah sie

mich mit feuchten Augen an, umarmte mich dann und weinte, ganz leise, aber mein Hemd hätte ich danach auswringen können. Später verabschiedete sie sich und küsste meinen Vater wie früher auf die Wange. Eine Sekunde lang hatte ich die beiden fragen wollen, ob ... Doch die Sekunde war schnell vergangen.

Ein großes Rätsel blieb Brauwassers Verschwinden. Nach Rico und dem roten Transit wurde gefahndet, ebenso nach »Frankfurt-verrückter Muckel und ein Tausenderviertel minus eins«. Ein Dieter Kühne hatte, wie sich herausstellte, tatsächlich in der Firma gearbeitet, die mit der Wartung der Alarmanlage im Städel beauftragt war. Er und ein paar weitere Mitarbeiter hatten sich ebenfalls aus dem Staub gemacht, nachdem die Fälschungen im Städel aufgeflogen waren.

Nach dem Abendessen wollte ich meinem Vater eigentlich noch tausend Fragen stellen, aber ich war einfach zu müde. Ich legte mich ins Bett, und mein Vater setzte sich auf die Kante. Er machte sich immer Sorgen, wenn ich ohne Aufforderung ins Bett ging.

»Bist du wirklich sicher, dass wir die Silvesterfeier morgen nicht absagen wollen?« Ich nickte entschlossen. »Na schön«, sagte er und strich mir noch einmal übers Haar. Aus dem Wohnzimmer hörte ich ihn später telefonieren. Ich konnte nichts verstehen, schloss aber aus seinem Tonfall, dass er mit meiner Mutter sprach. Ich dachte an Roman und stellte mir vor, wie er auf dem Sofa lag und belegte Brote zurückwies, die ihm seine Mutter anbot.

Wenn Roman jetzt nie mehr richtig froh wird, ist es meine Schuld, sagte ich mir. Und dann bekam ich einen Kloß in den Hals. Mir fiel ein, dass ich noch an viel, viel mehr hätte Schuld sein können.

Ein Sonnenstrahl, der unter meinem Rollo hindurchfiel, weckte mich. Ich schlug die Augen auf, zwinkerte zwei-, dreimal. Ich hörte Frau Werschkes Husten und das Röcheln der Kaffeemaschine. Das alles kam mir bekannt vor.

Hatte ich unser Detektivspiel und die Gefangenschaft in der Mörfelder Landstraße nur geträumt? War Gustav noch immer in der Gewalt der Entführer? Oder womöglich der ganze Fall Perjau nur ein Traumgespinst? Alf, Rico, Brauwasser und das Kellerversteck – gab es sie gar nicht wirklich?

Auf meinem Schreibtisch lag aufgeschlagen der Stadtplan, obenauf die Straßen Sachsenhausens. Über dem Stuhl hing meine Hose mit dreckigen Knien, die ich mir beim Sturz vom Bettlakenseil geholt hatte.

Also kein Traum.

Der Freitag war gekommen. Ich stand auf, zog mich an und setzte mich zu meinem Vater und Frau Werschke an den Frühstückstisch.

»Morgen, Frau Werschke, Morgen, Vati. Musst du heute nicht ins Büro?«

»Morgen, Mirko. Ich bleibe heute zu Hause, werde aber einiges an meinem Schreibtisch arbeiten. Wie hast du geschlafen?«

»Ganz gut.«

Mein Vater fuhr mir wie immer mit der Hand durchs Haar und sah mir prüfend ins Gesicht. »Ich hätte eigentlich noch ein Hühnchen mit Hövermeier zu rupfen.«

»Aber Vati«, protestierte ich, »Hövermeier hat uns doch geholfen!«

»Allerdings! Geholfen, eure Nasen in Sachen zu stecken, für die niemand anderes zuständig ist als die Polizei! Er hat euch in große Gefahr gebracht!«

Frau Werschke legte mir ein Toastbrot auf den Teller und warf mir einen schnellen Blick zu, den ich nicht deuten konnte. Mit leisem Groll kratzte ich mit dem Messer an der steinharten Butter. Sicher waren Roman und ich keine Polizisten, aber Hövermeier für unsere Vergehen verantwortlich zu machen! Konnten wir nicht sehr gut selbst dafür gerade stehen?

Mein Vater wechselte das Thema und wandte sich an Frau Werschke. »Was werden Sie heute Abend unternehmen?«

»Ich gehe mit meiner Schwester in den Palmengarten auf den Silvesterball.«

»Donnerwetter, ich wusste gar nicht, dass Sie eine Tänzerin sind.«

»Bin ich auch nicht«, sagte sie ungerührt, »und wie ich meine Schwester kenne, haben wir beide uns lange vor zwölf heillos zerstritten. Und dann mache ich's mir vor dem Fernseher gemütlich.«

»Aber Frau Werschke, doch nicht Silvester. Wenn Sie wollen, können Sie mit uns kommen. Einen solchen Blick hat man nicht alle Tage.«

Frau Werschke winkte ab. »Danke, danke, in meinem Alter muss man nicht mehr jedes Jahr die Stadt auf den Kopf stellen.«

Der Blick, den man nicht alle Tage hat, war der Blick vom Neuen Commerzbankhochhaus. Für Mitternacht hatte ein Schulfreund meines Vaters, der in der Bank ein hohes Tier war, uns und GMM in den fünfzigsten Stock eingeladen. Und davor waren wir mit GMM zum Abendessen verabredet.

Ich stand auf. »Gehst du zu Roman rüber?«, fragte mein Vater. Ich nickte. »Grüß ihn von mir und frag ihn, ob er heute Abend mitkommen will.«

»Nein«, antwortete Roman, als ich zehn Minuten später neben ihm auf dem Teppich seines Zimmers saß. Es war ein Teppich mit aufgedruckten Straßen und Häusern, auf dem wir vor nicht allzu langer Zeit noch mit Autos gespielt hatten. Roman fuhr mit dem Zeigefinger nachdenklich die Bahnhofsstraße entlang.

»Danke für die Einladung, aber mir ist noch nicht nach Feiern zumute.«

»Wenn du willst, bleibe ich auch da. Wir können es uns bei mir gemütlich machen.«

Roman hatte noch leichte Schatten unter den Augen, grinste aber schon wieder.

»Nee, nee, so schlimm ist es auch wieder nicht, dass ihr mich alle bemuttern müsst wie ein Wickelkind.« Er pulte an einer durchgewetzten Teppichstelle. »Übrigens ist dein Vater ganz schön auf Draht. Ohne ihn säßen wir wohl kaum hier.«

Ich fand auf dem Teppich auch eine Stelle zum Pulen. »Und ohne mich wäre sein Einsatz gar nicht erst nötig gewesen ...«

Eine Weile pulten wir schweigend vor uns hin.

»Lass«, sagte er schließlich, »du hast mich ja nicht in diese Gangsterhöhle reingeprügelt. Ich muss schon selbst sehen, wo ich meine Nase reinstecke.«

Silvesternacht

Am Nachmittag hatte es zu schneien begonnen. Dicke Flocken bildeten einen weißen Teppich, der unter meinen Füßen knirschte, als ich mit meinem Vater aus unserem geparkten Auto stieg und durch das Einbahnstraßenlabyrinth des Westends marschierte, wo GMM ein gemütliches kleines Lokal ausgesucht hatte. Die Tische waren mit Konfetti übersät, bunte Luftschlangen baumelten von den Leuchtern. Gut gelaunte Menschen prosteten sich zu in gedämpfter Vorfreude auf Mitternacht. Die beiden Kellnerinnen schlängelten sich geübt zwischen den Stühlen hindurch und hatten Konfetti im Haar, genau wie der dickbäuchige Wirt am Zapfhahn. Als mein Vater und ich eintrafen, saß zu unserer Überraschung GMM nicht allein am Tisch. Gustav strahlte wie der Weihnachtsmann selbst und benutzte beide Hände zum Händeschütteln.

GMM hatte, wie sich herausstellte, Gustav am frühen Abend in seiner Wohnung besucht und seine Aussage zu Protokoll genommen. Als er hörte, dass Gustav den Silvesterabend allein verbringen wollte, hatte er ihn kurzerhand eingeladen.

»Davon kann natürlich keine Rede sein«, bestimmte Gustav, auf dessen Wangenknochen ein großer blauer Fleck an Alfs Faustschlag erinnerte, »ich werde Sie einladen. Schließlich habe ich Ihnen einiges zu verdanken – um nicht zu sagen: alles! Nein, keine Widerrede; kommen Sie mir bloß nicht mit Beamtenbestechung. Muckel muss sich die Speisekarte rauf und runter bestellen.«

Ich zögerte und musste an Roman denken, der appetitlos zu Hause saß, und an Hövermeier, der sicher auch kein so üppiges Mahl und keinen so netten Abend haben würde. Es war aber nicht zu leugnen, dass ich ordentlich Kohldampf hatte, und ich verdrückte schließlich eine Portion, die Gustav veranlasste, mir lachend auf die Schulter zu klopfen. Danach räumte die Kellnerin die Teller ab. Gustav bestellte Kaffee für GMM und meinen Vater, einen Cognac für sich, nachdem ich dankend abgewunken hatte. Mein Vater ließ die Neige in seinem Bierglas versonnen kreisen.

»Mich wundert«, sagte er, »dass du dich nicht wunderst, Mirko.«

»Wieso, was meinst du?«

»Na, dass wir euch überhaupt gefunden haben.«

Ich kratzte mich am Kopf. Tatsächlich. Jetzt fiel mir wieder ein, dass Roman, Gustav und ich in unserem Gefängnis genau daran gezweifelt hatten. Aber diese Zweifel hatte ich später vergessen, denn eigentlich war ich gewohnt, dass mein Vater notfalls immer zu Hilfe kam, ob es dabei um Schularbeiten ging oder um den richtigen Weg auf einer Nachtwanderung. Dazu kam, dass er und GMM die vergangenen zwei Tage für ausführliche Erklärungen kaum Zeit gefunden hätten, denn sie waren vollauf damit beschäftigt, die Spur der Verbrecher wiederzufinden.

»Das würde mich allerdings auch interessieren«, sagte Gustav, der vom Wein bereits rote Wangen und keine ganz ordentliche Frisur mehr hatte, und stützte seine verschränkten Arme in gespannter Erwartung auf. Mein Vater begann: »Als Mirko am Abend nicht heimkam, habe ich natürlich zuerst bei Thalers angerufen. Auch Roman war nicht aufgetaucht. Bei deinen anderen Kumpels war sowieso niemand zu Hause. Schließlich rief ich deine Mutter an und erfuhr von eurer merkwürdigen Verfolgungsjagd. Sie hat sich ziemlich gewundert, dass ich dieses Spiel nicht kannte. Aber weil ihr diesem roten Transit so lange nachgefahren seid, hatte sie das Kennzeichen behalten. Und die Einfahrt mit Sandsteinquadern in der Mörfelder Landstraße konnte sie mir auch beschreiben. GMM machte ein paar Telefonanrufe, und dann wussten wir, dass der rote Wagen auf einen Alf Kelbe zugelassen war. Bei diesem Namen klingelte etwas bei mir. Ich loggte mich in unseren Zentralrechner ein, und nach ein paar Mausklicks wusste ich, woher ich den Namen kannte: Er war schon vor fünf Jahren bei Ermittlungen gegen Bruno Brauwasser aufgetaucht.«

»Der Zeitungsartikel auf deinem Schreibtisch!«

»Den habt ihr also auch gelesen!«

Mein Vater sah mich streng an, aber in diesem Moment wurde der Kaffee und der Cognac gebracht. Gustav drängte, weiter zu erzählen. Gelassen goss mein Vater Sahne in den Kaffee und rührte noch gelassener um. Ich verknotete meine Beine vor Ungeduld. Endlich fuhr er fort:

»Es lag ein Haftbefehl gegen Alf vor wegen Körperverletzung und Nötigung. Na, mir war schleierhaft, was ihr mit Alf zu schaffen habt, aber GMM und ich hatten Brauwasser bereits im Visier – daher der Zeitungsartikel.«

»Ja«, übernahm GMM, »die Fälschungen waren so brillant ...«

Gustav winkte leicht errötend ab: »Ich bitte Sie, der reinste Pfusch ...«

»Jedenfalls waren sie gut genug, dass sie mich an die Sache vor fünf Jahren erinnerten: Gustav Perjau und Bruno Brauwasser. Als wir Herrn Perjau –«

»Aber sagen Sie doch Gustav zu mir!«, fuhr Gustav mit gespielter Entrüstung dazwischen. »Ich finde, das stünde uns jetzt an.«

»Ganz meine Meinung, aber nur, wenn du mich Frithjof nennst, Gustav!«

Das versprach Gustav eifrig. Mein Vater hob auch sein Glas: »Willi.«

»Gustav«, sagte Gustav, und die drei Männer prosteten sich zu. GMM setzte sein Glas nach einem großen Zug ab und sprach weiter:

»Also, als wir Gustav am Dienstagabend aufsuchen wollten, merkten wir schnell, dass seine Abwesenheit nicht mit rechten Dingen zuging ...«

»Sicher habt ihr mit Frau Rosmanith gesprochen, meiner Nachbarin.«

»Richtig. Sie steckte gleich den Kopf heraus, als wir bei Ihnen läuteten, Herr Perj ... ich meine, bei dir läuteten, Gustav, und als sie hörte, dass wir Polizisten sind, schüttete sie uns ihr Herz aus: Sie sei sehr besorgt, weil der Herr Perjau schon so lange fort sei, und sonst würde er doch immer ums Blumengießen bitten, wenn er längere Zeit wegfahre.«

»Die gute Frau Rosmanith!«, lächelte Gustav und schüttelte den Kopf.

»Darauf«, fuhr mein Vater fort, »sind GMM und ich reingegangen – nach einem Blick war klar, dass Gustav seine Wohnung nicht freiwillig verlassen hatte. Jetzt war ich ziemlich sicher, dass Brauwasser hinter alldem steckte. Erstens wegen der Sache vor fünf Jahren. Zweitens passt ein kleiner Ganove wie Alf nicht in einen solchen Palast wie den in der Mörfelder Landstraße. Drittens war der offizielle Besitzer dieses Palastes, ein gewisser Carlo Brottig, nicht erreichbar. Tja, und als ich viertens in Mirkos Zimmer den aufgeschlagenen Stadtplan fand – genau mit der fraglichen Gegend obenauf –, da dämmerte mir, dass auch ihr in diese Geschichte hineingeraten seid. Nur wie, das wusste ich zu der Zeit noch nicht.«

Gustav strahlte erneut, hob zuprostend sein Glas und machte meinem Vater und GMM Komplimente.

Ich saß still da, den Kopf auf meine rechte Faust gestützt, sah meinen Vater an und fand, dass Gustav mit seinen Komplimenten recht hatte. Sie hatten nichts von dem getan, was die aufregenden Detektive im Fernsehen tun, keine Kinnhaken verteilt, keine Schießeisen gezückt und keine Autos zerdeppert. Sie hatten nur ruhig überlegt, nachgeforscht und eins und eins zusammengezählt. Ganz einfach, ganz gewöhnlich – ganz wunderbar!

Die Kellnerin brachte drei Portionen Eis und einen Espresso für Gustav, als GMMs Handy düdelte. Er meldete sich, lauschte, brummte ein paar Hmhms, doch dann schwieg er, und seine Augen wurden größer und größer.

»Sagen Sie das noch mal! ... Er rutschte auf die Stuhlkante und machte uns ein Zeichen, still zu sein.

»Verstehe ... nein, ich versteh's eigentlich nicht, aber egal. Wie? Ganz meine Meinung. Rühren Sie nichts an, ich melde mich wieder. Danke.« Er steckte das Telefon ein und wandte sich mit flatternden Augenlidern an meinen Vater.

»Willi, eine Streife hat den Transit sichergestellt ...«

»Was guckst du so verdattert? War doch zu erwarten, dass man den Wagen früher oder später in irgendeinem einsamen Waldstück finden würde.«

»Wurde er aber nicht.«

»Na, wo dann? Spann uns nicht auf die Folter.«

»Vor dem Polizeipräsidium!«

Fünf Sekunden lang sagte keiner einen Ton.

»Donnerwetter! Das ist mal was Neues! Fehlt nur noch, dass Rico drin war mit einem unterschriebenen Geständnis auf dem Schoß.«

»Das nicht, aber ...«

»Aber was?«

»Die gestohlenen Bilder aus dem Städel.«

Wiedersehen mit Schrecken

»Das ist jetzt aber wirklich mal was Neues!«, wiederholte mein Vater, nachdem er die Kinnlade wieder hoch bekommen hatte.

»Ganz meine Meinung«, sagte GMM, »und wer weiß, wann der Wagen bemerkt worden wäre, wenn ihn nicht ein anonymer Anrufer gemeldet hätte.«

Mein Vater sprang auf und zückte sein Handy. »Tut mir Leid, ich muss mir das ansehen. Wartet hier auf mich. Bis elf bin ich zurück.«

GMM stand auf, aber mein Vater bat ihn, bei mir und Gustav zu bleiben. Mit dem Telefon am Ohr eilte er aus dem Lokal.

GMM zuckte die Schultern, und Gustav schob mir die Eisportion meines Vaters mit einem aufmunternden Zwinkern zu. Die zwei Stunden bis elf Uhr vergingen wie im Flug, denn Gustav erzählte mit Händen und Füßen aus seinem Leben und von der Entführung. Mit jedem Glas Wein wurden Gustavs Wangen und seine Geschichten farbiger. Ich kam kaum zu Wort, auch GMM konnte nur hier und da »ganz meine Meinung« einstreuen, aber das störte uns nicht weiter.

Kurz nach elf kehrte mein Vater zurück, und Gustav bestellte als »Abschiedsrunde« drei Kognak und für mich eine Grapefruitschorle.

Mein Vater berichtete, wie er den Direktor des Städels von einer Feier herbeitelefoniert hatte und der in Begleitung eines Mannes erschienen war, der beinahe noch erleichterter schien als der Direktor. Wie sich herausstellte, war dieser Mann ein Vertreter der Versicherung, die die Bilder des Städels versichert hatte.

»Müde, Mirko?«, fragte er plötzlich. »Möchtest du nach Hause fahren? Silvester können wir noch viele feiern. Du hast Auf-

regendes hinter dir und siehst mir eher nach Schlaf als nach Feuerwerk aus.«

Gustav und GMM blickten mich still und mitleidig an.

»Kommt nicht in Frage!«, protestierte ich und unterdrückte ein Gähnen.

»Na dann raus an die frische Luft, der Fußmarsch wird dich wieder munter machen«, antwortete mein Vater, und Gustav winkte zum Zahlen. Die Kellnerin kassierte, und wir schoben unsere Stühle zurück. Mein Vater entschuldigte sich, Gustav nicht mitnehmen zu können ins Commerzbankhochhaus, aber der winkte ab.

»Schließlich habe ich durch meinen langen Arbeitsausfall eine Menge nachzuholen. Meine Auftraggeber sind ja nicht alle Verbrecher!« Gustav ließ ein ansteckendes Lachen hören.

Er verabschiedete sich überschwänglich und nahm uns das Versprechen ab, bald einmal seine Werkstatt zu besuchen. Dann legte er die Hände auf meine Schultern und sah mich mit leutseligem Weihnachtsmannblick an. Seine Augen schienen etwas wässrig, aber das konnte auch vom Wein kommen.

»Danke, Mirko. Ohne deine gesunde Neugier – dein Vater würde vielleicht ungesunde Neugier sagen –, nun, wer weiß, was ohne dich und Roman aus mir geworden wäre. Wann immer ich etwas für euch tun kann – lass es mich wissen. Richte Roman bitte Grüße aus, und bitte auch – unbekannterweise – dem scharfsinnigen Herrn Hövermeier.«

»Danke, Gustav, wir besuchen dich ganz bestimmt.«

Er drückte mich kurz an sich. Dann nahm er meinen Vater beiseite, während ich mit GMM auf die Straße vorausging.

Spätabends lange in überheizten Lokalen sitzen macht müde; mit fröstelnd hochgezogenen Schultern trat ich von einem Bein aufs andere, und ich fürchtete vor lauter Gähnen eine Maulsperre. Der Schneefall hatte aufgehört, aber inzwischen war alles weiß überzogen. GMM stopfte die Hände in seine Manteltaschen und lachte kleine Atemwölkchen.

»Ich wollte mich eigentlich erkundigen, ob du das Abenteuer gut verkraftet hast, aber nach dem, was du alles essen kannst, scheint mir die Frage überflüssig.«

Mein Vater kam die Treppe vom Lokal herunter, und ein flotter Marsch durchs Westend und über den märchenhaft verschneiten Opernplatz machte mich wieder munter. Auf dem Balkon der Alten Oper schienen Menschen in Smoking und Abendkleid Kühlung von schmissigen Tänzen zu suchen, zu denen ein Orchester im Hintergrund aufspielte. Das Kopfsteinpflaster der Fressgass' verschwand unter geschlossener Schneedecke, und aus ihr ragte ein Straßenschild: »Große Bockenheimer Straße«.

»Das unbekannteste Straßenschild Frankfurts«, sagte GMM, »fast jeder Frankfurter kennt die Fressgass', fast keiner ihren amtlichen Namen.«

Im Sommer ist sie oft mit Weinständen und Würstchenbuden zugestellt, aber auch jetzt und trotz der Kälte war die Gasse mit ihren Gastwirtschaften und Läden voller Menschen. Ich sah nobel gekleidete Paare, die zu Silvestergalas schritten, Jugendliche in lauten Gruppen, die es im Laufschritt auf angesagte Feten trieb und die auf dem Schnee natürlich ausrutschten, worauf die Mädchen kreischten und die Jungen lachten. Ich sah Männer, vorzeitig betrunken, im Zickzack über die Schneedecke wanken. Die Restaurants boten Silvestergeselligkeiten für alle, die heute Abend sonst nicht wussten, wohin. Hinter den Fensterscheiben sah ich alte Gesichter, junge, lachende, erwartungsfrohe und gelangweilte.

Ich blieb wie angewurzelt stehen. Als mein Blick über die Auslagen der Geschäfte und schließlich über die Fenster einer Pizzeria geschweift war, schlug meine Erinnerung Alarm. Ich hatte etwas entdeckt, hatte jemanden erkannt, aber wo war jetzt dieses Gesicht geblieben, und zu wem gehörte es? Gehörte es, wie ich ahnte, zu dem Kapitel, das ich beendet und zugeschlagen glaubte – zum Kapitel Brauwasser? Hastig tasteten meine Blicke die Menschenmenge ab. Waren es die beiden Männer in Lederjacken dort links, die mürrisch und mit Zigaretten im Mundwinkel Backgammon spielten? Oder war es der mit der wirren Mähne auf dem Barhocker, der auf den gelangweilten Barkeeper unablässig einredete? Nein, halt! Da war das Gesicht wieder! Ein Mann, allein an einem kleinen Tisch, seine Hand hob ein Glas zum Mund, der Mund öffnete sich – aber jetzt lehnte sich ein anderer Gast lachend auf seinem Stuhl zurück und verdeckte das bekannte Gesicht. Für einen Augenblick glaubte ich, mich geirrt zu haben, doch dann beugte der Lacher sich vor, und der Einsame sah mich und erstarrte. Schon einmal hatten wir uns so angesehen.

»Was ist los, Mirko?«

Mein Vater und GMM, schon einige Meter weitergegangen, schlenderten zurück.

»Du siehst aus, als hättest du einen Geist gesehen.«

»Wirklich ganz meine Meinung!«

Ihre Blicke folgten dem meinen. Erst gestern hatte ich ihnen diesen Mann beschrieben. Aber sie schienen zwischen den vielen Menschen den einen nicht zu erkennen, der sein Glas hielt wie festgefroren. Dieser Mann sah meiner Beschreibung auch nicht mehr sehr ähnlich, denn er war jetzt glatt rasiert und hatte die ehemals verfilzten Haare kurz geschnitten. Sein leichtes Schielen war aus der Entfernung nicht zu erkennen.

Wir starrten uns an. Jetzt war es eigentlich an mir, den Finger zu heben und zu sagen: »Da ist der Kerl.«

Tausend Gedanken flatterten in meinem Kopf herum wie ein aufgescheuchter Hühnerhof. Und meine Hand blieb unten.

»Ich dachte bloß, da sitzt einer meiner Lehrer.«

»Kann nicht dein Lieblingslehrer gewesen sein, so wie du guckst.«

Mein Vater warf einen weiteren Blick in die Fenster der Pizzeria und zuckte schließlich die Schultern. Wir setzten unseren Weg fort, ließen die Fressgass' hinter uns, ließen die Pizzeria hinter uns, ließen Rico den Schieler hinter uns.

Wieder knirschte der Schnee unter unseren Schritten und unter den Reifen der Taxen, die sich vorsichtig über die Börsenstraße schoben. Wir überquerten den Goetheplatz.

Die weit ausladende steile Treppe zum Eingang des Commerzbankhochhaus gleicht dem Aufstieg zu einer Pyramide. Ich wunderte mich, dass am Silvesterabend ein Arbeiter die Glaswände der riesigen Eingangshalle putzte, bis ich in dem Arbeiter eine Schaufensterpuppe im Blaumann erkannte. Hinter der gegenüberliegenden Glaswand schien fahles Licht durch die Glasdecke auf die verlassenen Tische und Stühle der Kantine. Auf der rechten Seite der Halle bewachte ein Pförtner an einer Schleuse aus Drehkreuzen die Aufzüge. Mein Vater meldete uns an; der Pförtner sah auf einer Liste nach, nickte und öffnete ein Drehkreuz für uns, bevor er auf sein Handy eintippte, um uns im fünfzigsten Stock anzukündigen.

Lautlos und schnell trug uns ein Lift aus Glas und Stahl hinauf; gegen Ende der Fahrt wurden Stimmen, Gelächter und Musik laut, schließlich öffnete sich die Fahrstuhltür vor einer Partygesellschaft, die sich über Büroräume und Flure verteilt hatte. Alle Männer schienen schwarze Smokings zu tragen, während die Frauen farbenfrohe Kleider anhatten. Ein kleiner Mann mit grauweißem Schnurrbart und randloser Brille kam auf uns zu, den Schlips bereits gelockert, um den Hals eine Luftschlange, in der Linken ein Sektglas. Er schüttelte meinem Vater und GMM mit einem breiten Grinsen die Hand, bevor mein Vater mich vorstellte. Ich konnte mich nicht recht entscheiden, ob ich den Mann leiden konnte oder nicht.

»Hallo, junger Held«, begrüßte mich der Mann, »ich bin Horst. Ich freue mich, dass ihr gekommen seid. Dein Vater hat mir von deinem aufregenden Erlebnis erzählt. Kannst du denn schon wieder feiern?«

»Na klar«, antwortete ich mit vorgerecktem Kinn. So klar war es zwar durchaus nicht, aber ging Horst das was an?

Er klopfte mir auf die Schulter. »Prima!«

Dann wandte er sich wieder GMM und meinem Vater zu. »Bis Mitternacht haben wir noch eine knappe halbe Stunde. Am Büfett ist noch einiges übrig geblieben ...«, er senkte die Stimme etwas, »... diese Party ist eigentlich nur für die Leitungsebene und gute Kunden, aber was jetzt noch übrig ist, daran könnt ihr euch schadlos halten; kommt sonst ja doch nur um.«

»Danke«, sagte mein Vater, »aber wir kommen gerade vom Essen.«

»... ist aber inzwischen schon wieder ganz schön lange her«, fügte ich hinzu, worauf die Männer lachen mussten.

»Da hört ihr's«, gluckste Horst und scheuchte uns mit ausgebreiteten Armen Richtung Büfett, »wir wollen hier keinen Hungertoten riskieren! Also ran an die Bouletten!«

Horst führte uns einen Flur entlang und dann durch eine Flucht von mehreren Räumen, von denen jeder eine atemberaubende Aussicht auf das nächtliche Frankfurt bot. Hier und da schoss eine voreilige Feuerwerksrakete in den Himmel.

Ich sah mich in den Büros um. Drei Männer qualmten Zigarillos und brachen in Abständen in brüllendes Gelächter aus, in einer Ecke saß eine blonde Frau in einem Kleid, das ihr unten zu eng und oben zu weit war – es war ein Träger heruntergerutscht – auf dem Schoß eines Herrn, der nichts weiter tat als sein Glas festzuhalten und glasig durch seine Brille zu gucken. Auf der rechten Seite des Kopfes hingen ihm lange Haarsträhnen herunter, die vorher seine Glatze bedeckt haben mochten. Die Frau neigte ihr Sektglas gegen das seine und tuschelte unablässig in sein Ohr, ohne dass der Mann seine Miene verzog.

Alle Räume waren erfüllt von unaufdringlicher Jazzmusik, die vier schwarze Musiker mit Keyboard, Kontrabass, Saxophon und Schlagzeug spielten. Sie trugen weiße Anzüge mit blauen Einstecktüchern und sahen aus, als hätten sie schon alles mitgemacht; trotzdem schienen sie die einzigen Nüchternen der ganzen Etage zu sein, abgesehen von uns dreien natürlich. Ein Tanzpaar drehte sich, Wange an Wange, langsam im Kreis, ihre

Tanzschritte bestanden lediglich daraus, von einem auf das andere Bein zu treten, und es war nicht auszuschließen, dass sie bereits eingeschlafen waren. Horst dirigierte uns um die beiden herum, und dann standen wir vor dem Büfett, das auf den zweiten Blick noch einige Leckereien zu bieten hatte. GMM füllte sich ein Schälchen voll Mousse au Chocolat, während mein Vater und ich uns an rote Grütze mit Vanillesoße hielten. Ich setzte mich auf eine der niedrigen Fensterbänke und blickte löffelnd hinaus, während die Großen sich wie erwartet unterhielten: über Großstadtverbrechen und Bankgeschäfte; Horst sagte, dass die Letzteren zu den Ersteren gehörten.

»Mann«, sagte ich, »was für ein Ausblick.«

»Ganz, aber wirklich ganz meine Meinung.«

Wie eine festlich beleuchtete Spielzeugwelt lag der Südosten Frankfurts vor uns; die Wolkenkratzer der Innenstadt mit ihren hellen Fenstern, wie von Gold angestrahlt der Dom, das schwarze Band des Mains, rote und weiße Lichtpunkte, die auf den Straßen hin und herglitten, die riesige düstere Großmarkthalle, die von hier aussah wie ein gestrandeter Wal in einer Robbenkolonie.

Mit einer großen Bimmel, wie sie Kartoffelverkäufer auf der Straße verwenden, betrat ein Mann den Raum.

»Großes Feuerwerk in drei Minuten«, rief er mit schwerer Zunge und schwang seine Glocke, »großes Feuerwerk in drei Minuten!«

Unter beschwipstem Gekicher versammelten die Partygäste sich vor den Fenstern. Mancher Damenstrumpf zeigte eine Laufmasche, manches Seidenhemd hing erschöpft aus der Hose.

Horst winkte uns, ihm zu folgen. Einer der Flure endete vor einer Außenwand aus Glas, wo man sich schon ein Herz fassen musste, um dicht heranzutreten, denn schließlich befanden wir uns im fünfzigsten Stock. Hinter uns begann ein schrägstimmiger Chor, einen Countdown zu zählen. Als er bei null ankam, erhob sich großes Prostgeschrei, und draußen brach die Farbenpracht los. Nie zuvor hatte ich so ein Feuerwerk gesehen. Ich kannte unsere Straße, übersät mit Papierfetzen, die Gesichter der sich zuprostenden Nachbarn schattenhaft hinter dem Pulverqualm, unsere Jungsclique, die mit Feuerzeugen und einer Tüte Kracher um die Häuser zog. Silvester in unserer Straße war Krach, Silvester hier oben ein Lichtermeer. Goldregen, bengalische Feuer und Schwärme von Raketen warfen zuckende Schatten, nur sehr verhaltenes Krachen drang hier herauf.

Vorhin am Büfett hatte ich wieder an Hövermeier denken müssen; sollte ich ihm nicht einige der Köstlichkeiten mitbringen? Aber das ging wohl nicht. Auch Rico war mir nicht aus dem Kopf gegangen, und als ich nun hinunter auf die Kaiserstraße und den Rossmarkt sah, fragte ich mich, ob er noch immer in der Pizzeria saß und sein Bier trank, oder ob er kurz nach unserem Blickwechsel das Lokal Hals über Kopf verlassen hatte. War es richtig, Rico nicht zu verraten, einen polizeilich gesuchter Verbrecher? Von meinem Vater wusste ich, dass man sich zu einem Mittäter macht, wen man Verbrecher nicht der Polizei meldet.

Der Dom wurde von ein paar nachzügelnden Leuchtkugeln eingekreist. Die Gäste verliefen sich wieder, Horst mischte sich unter sie, GMM steuerte noch einmal das Büfett an. Mein Vater legte die Hand auf meine Schulter, während draußen die letzten Funken verglühten.

»Du, Vati ...«

»Ja, Mirko?«

Ich hatte schon Luft geholt, um von Rico zu beichten. Geheimnisse vor meinem Vater? Gut, wir spielten vielleicht manchmal an verbotenen Orten. Auch dass ich an jenem Abend, als alles anfing, zur Ruine geradelt bin, hatte ich ihm verheimlicht. Aber wenn es um wirklich wichtige Dinge ging ... nur, wo fingen die wichtigen Dinge an? Gehörte Rico nicht in jedem Fall dazu?

»Ach, nichts ...«

Jetzt hatte ich also ein Geheimnis vor meinem Vater. Ich seufzte. War das die »Verantwortung«, von der Erwachsene immer faselten, wenn sie einem mit einem Verbot den Spaß verdarben? War ich jetzt mitverantwortlich, falls Rico wieder was ausfraß? Ich betrachtete die kleinen Punkte auf der Friedensstraße, die Menschen waren. Rico konnte einer von ihnen sein. War er auf dem Weg zur nächsten Gaunerei, weil er vielleicht gar nicht wusste, wie man anständig durchs Leben kommt? Oder lief er irgendwo dort unten einem neuen Leben entgegen, einem ehrlichen? Rico hatte es sich zweimal nicht leicht gemacht und viel riskiert: einmal in der Ruine und dann, als er die Bilder zurückgab. Schließlich lief der gefährliche Brauwasser noch frei herum, und der würde alles andere als erfreut sein darüber. Ich fand, Rico hatte eine Chance verdient, aber ich konnte mir auch denken, was mein Vater dazu sagen würde: »Das zu entscheiden ist Sache eines Richters.«

»Prost Neujahr, Mirko!«, sagte er hinter mir.

Trügerische Ruhe

»Geht gar nicht so schlecht«, sagte Roman und humpelte auf und ab. Er zeigte mir die Manschette aus Kunststoff, die um seinen Fuß bandagiert war.

»Auf ein gutes neues Jahr«, rief Herr Thaler in die Runde und hob sein Sektglas, »und auf Willi Muckelstein, den Retter!«

Mein Vater, der etwas verlegen drein sah, und Frau Thaler erwiderten das Prosit; Roman und ich bekamen auch etwas Sekt.

Thalers hatten zu einem Neujahrsfrühstück eingeladen, nicht zuletzt um sich für die Rettung ihres Sohnes zu bedanken.

Herr und Frau Thaler schienen die Einigkeit selbst; die Sorgen der letzten Tage hatten sie ihr Kriegsbeil fürs Erste begraben lassen; Händchen haltend saßen die beiden auf dem Sofa. Ein Blinder hätte sehen können, dass Roman in diesem Familienfrühling aufblühte wie ein Krokus. Trübsinn und Schwermut der letzten Tage waren wie weggeblasen.

»Und auf Frau Werschke«, prostete Herr Thaler nach einem Bissen in ein Stück Werschkeschen Zwiebelkuchen. »Schade, dass sie nicht dabei sein kann.«

»Sie lässt vielmals grüßen«, sagte mein Vater und nahm auch ein Stück, »sie hat sich gestern Abend so überraschend gut mit ihrer Schwester vertragen, dass sie heute einen Neujahrsspaziergang im Bad Homburger Kurpark unternehmen.«

Natürlich musste mein Vater noch einmal genau erzählen, wie er der Bilderbande auf die Spur gekommen war und wie das Überfallkommando die Gangster festsetzte. Roman und ich gaben unsere Version zum Besten, auch wenn Frau Thaler ein ums andere Mal die Hände rang.

Nach einer guten Weile Plauderei stand mein Vater auf. »Vielen Dank für die Einladung, aber jetzt muss ich mich entschuldigen.«

Frau Thaler, die gern ihre neue Espressomaschine vorführen wollte, war enttäuscht. »Sie müssen doch heute nicht etwa arbeiten?«

»Leider doch, Frau Thaler. Der Boss der Bande ist, wie Sie wissen, noch flüchtig. Die Ermittlungen laufen seit Mittwoch auf Hochtouren, und wenn wir seine Spur nicht bald wiederfinden, finden wir sie nie mehr. Außerdem habe ich mit dem Burschen eine persönliche Rechnung offen.«

»Ich verstehe«, nickte Herr Thaler und stand ebenfalls auf, um meinen Vater zur Tür zu begleiten. »Hoffentlich kriegen Sie den Kerl. Und noch einmal vielen Dank …«, stotterte er, »… für alles. Ohne Sie …« Herr Thaler zwinkerte ein paarmal und blickte zu Boden

Mein Vater klopfte ihm auf die Schulter. »Sie hätten an meiner Stelle nichts anderes getan.« Er winkte uns kurz zu und lief die Treppe hinunter.

Roman und ich verdrückten jeder noch ein ordentliches Stück Zwiebelkuchen. Roman fand, dass zwei Tage liegen genug Rücksichtnahme für seinen Fuß seien und er jetzt wieder frische Luft brauche. Doch seine Mutter schritt ein:

»Ihr wollt doch nicht etwa wieder zur Ruine? Das kommt überhaupt nicht in Frage!«

Wir sahen sie schafsdumm an, denn genau das hatten wir vor. Wir wollten nachsehen, ob Hövermeier in seiner Kemenate war und ihm die Neuigkeiten erzählen. Schließlich hatte er mitgeholfen, die Bilder wieder aufzutreiben.

»Aber Sylvia«, kam uns Herr Thaler zu Hilfe, »jetzt ist das Ganovennest doch ausgehoben.«

»Ja merkst du denn nicht, dass diese verlassenen Gebäude alles mögliche Gesindel anziehen? Das ist doch kein Spielplatz für Kinder!«

Sekundenlang starrten sich Herr und Frau Thaler an. Auch Roman schien den Atem anzuhalten.

Doch da seufzte Romans Mutter und lächelte. »Also schön, wenn du meinst. Aber«, und damit wandte sie sich an Roman, »wenn es dunkel wird, seid ihr zu Hause, verstanden?«

»Verstanden!«

Wir packten den übrig gebliebenen Zwiebelkuchen ein – für unterwegs, wie wir sagten, aber in Wirklichkeit für Hövermeier – und schwirrten ab.

Über Nacht hatte Tauwetter eingesetzt; die größeren Straßen waren geräumt, so dass wir Romans Fuß zuliebe die Räder nehmen konnten. Langsam gondelten wir auf dem Bürgersteig nebeneinander die Platenstraße entlang.

»Weißt du, wen ich gesehen habe?«

Roman blickte sich nach allen Seiten um. »Nein, wen denn?«

»Nicht hier. Gestern Abend, vor dem Feuerwerk. In der Stadt.«

»Lass mich raten: Thorsten Kleber?«

»Nee.«

»Den langen Holger?«

»Auch nicht.«

»Mark?«

Ich schüttelte den Kopf.

»Okay«, rief Roman, »ich stelle dir Fragen, und du sagst nur ja oder nein. Ist es ein Erwachsener?«

Dieses Fragespiel trieben wir zuweilen, aber jetzt hatte ich keine Lust dazu.

»Ich hab Rico gesehen.«

Roman langte in die Bremsen, dass der Streusplit knirschte. »Du hast ihn gesehen?«

»Ja.«

»Zum Teufel, wo denn?«

»In der Fressgass'. Er saß in einer Pizzeria und trank ein Bier.«

»Ja und ... dein Vater war doch dabei?«

»Er war dabei.«

Romans Augen traten fast aus den Höhlen. »Und der hat ihn auch laufen lassen?«

»Quatsch, er hat ihn natürlich nicht erkannt.«

»Also, ich kapier nichts, Mann.«

»Ich habe meinem Vater nichts gesagt.«

Ich erzählte ihm von allem, was mir am Vorabend über Rico durch den Kopf gegangen war. Anfangs schob Roman den Kopf in den Nacken und verschränkte die Arme, aber mit der Zeit fing er an zu nicken. Nach einer guten Weile traten wir wieder, wenn auch nachdenklicher, in die Pedale.

»Wie ist Rico eigentlich abgehauen?«, fragte Roman.

»Brauwasser hatte ihn doch mit dem Lieferwagen losgeschickt, um mich nach meinem Anruf als Dieter in die Irre zu führen.«

»Und warum kam er nicht wieder?«

»Wer weiß? Vielleicht hatte er da schon beschlossen auszusteigen, oder er kam viel später wieder, hat die Polizeiwagen vor der Villa stehen sehen und ist dann abgehauen.«

»Mann, Muckel«, sagte Roman und beobachtete seinen Vorderreifen, »ich möchte nicht in deiner Haut stecken, wenn Rico wieder was ausfrisst.«

»Ja«, sagte ich nach kurzem Schweigen, »ich auch nicht.«

Nicht lange danach standen wir vor der Ruine, doch die alte Begeisterung für unseren Abenteuerspielplatz hatte sich in eine nebelhafte Bangigkeit verwandelt. Zwar saß Alf im Kittchen, Rico ließ sich hier bestimmt nicht mehr blicken, und Bruno Brauwasser durfte man längst auf der anderen Seite der Erdkugel vermuten. Trotzdem blickten wir auf dem Weg zu Hövermeiers Kemenate alle Nase lang über die Schulter und zuckten beim kleinsten Geräusch zusammen. Unser Klopfen blieb ohne Antwort. Wir wollten gerade wieder gehen, als er doch noch öffnete.

»Prosit Neujahr, ihr Burschen!«, strahlte er. »Lange nicht gesehen!«

»Gutes neues Jahr, Hövermeier.«

Er bat uns in das kleine Zimmer, dessen Fußboden voller Kerzen stand. Obwohl wir wussten, dass Hövermeier auf diese Weise heizte, machten die vielen kleinen Flammen aus der Kemenate fast einen Andachtsraum. Beinahe musste ich mich überwinden, in normaler Lautstärke zu reden. Der Alte freute sich riesig über den Zwiebelkuchen. Es war ihm anzusehen, dass er lange nichts Ordentliches gegessen hatte. Dennoch ließ er sich nicht nehmen, den Kuchen brüderlich zu teilen. Dann räumte er für uns sein Bettlager, auf dem mehrere verbeulte Gas-Kartuschen für seinen Campingkocher herumlagen.

»Frisch aus einem Bauschutt-Container ausgegraben! Ein Glücksfund!«

Wir setzten uns und versuchten, nicht zu krümeln, denn trotz der alten und erbärmlich verschlissenen Ausstattung hatte der Raum etwas Reinliches.

»Ich dachte schon, ihr wärt unter die Räder gekommen, Jungs. Habt ihr euch inzwischen diese Räubergeschichte aus dem Kopf geschlagen?«

Roman und ich tauschten einen wissenden Blick und erzählten ihm, was geschehen war. Stellenweise vergaß Hövermeier, seinen Zwiebelkuchen zu kauen, mehr als einmal klopfte er sich auf den Schenkel oder schüttelte mit himmelwärts gerichtetem Blick den Kopf.

»Das ist ja ein dolles Ding«, rief er endlich, »und Riesendusel habt ihr gehabt! Ich hoffe, das war euch eine Lehre.«

Ich versicherte ihm, dass mein Bedarf an Abenteuer für die nächsten Jahre gedeckt sei.

Roman hob plötzlich witternd den Kopf. »Erwartest du Besuch, Hövermeier?«

»Du machst wohl Witze. Du weißt doch, dass niemand meine Kemenate kennt. Außer euch natürlich.«

»Wirklich niemand?«

»Na ja, alle Jubeljahre kommt mein Kumpel Rontrus mal auf ein Schachspiel vorbei, aber … was ist denn los, du bist ja auf einmal so weiß im Gesicht?«

»Er wollte nicht zufällig heute kommen, dieser Rontrus?«

Hövermeier warf mir einen kurzen, ratsuchenden Blick zu. »Nicht dass ich wüsste, aber was ist denn …« Er brach ab, denn jetzt war klar, was Roman meinte: Im Treppenhaus klangen Schritte. Jemand kam die Treppe herauf. Als wir verstummten, hielten auch die Schritte inne. Ich starrte Hövermeier an, der starrte Roman an, und Roman starrte mich an. Dann rappelte der Alte sich auf, schlich zur Tür und öffnete sie.

Mit einem Laut der Überraschung prallte er zurück. Im Türrahmen erschien ein Mann, nicht groß, mit einem bösartigen Zug um die Mundwinkel und stoppelkurz geschnittenen Haaren mit Geheimratsecken – ein Mann, den ich Tausende von Kilometern entfernt glaubte. Auf seinem Kinn wucherte ein mit grauen Haaren durchsetzter Stoppelbart. Unter seinen Augen hatten sich schwarze Ringe eingegraben, sein Grinsen war tückischer denn je.

»Sieh an, eine nette Gesellschaft«, sagte er unheilvoll leise. »Zum dritten Mal kommt ihr mir jetzt in die Quere. Fast weiß ich nicht, ob ich euch verfluchen oder Beifall klatschen soll.«

Er setzte seinen Zeigefinger auf Hövermeiers Brust und trieb den rückwärts stolpernden Alten in den Raum hinein, warf dann einen beiläufigen Blick auf die Kerzen.

»Ist das so 'ne Art Kirche hier? Wer bist du?«

»Hö ... Hövermeier ... ich bin nur ein harmloser Landstreicher.«

»Was hast du mit den Kindern zu schaffen?«

»Sie spielen manchmal hier, und ich habe hier bloß eine Bude für die kalten Tage.«

Brauwasser sah ihn von der Seite an. »Das nehm ich dir nicht ab. Du weißt über den Keller genau Bescheid und steckst mit diesen Bilderdieben unter einer Decke.«

Hövermeier stand mit dem Rücken zur Wand. »Bilderdiebe?«

Ich verstand überhaupt nichts mehr. Glaubte Brauwasser, die Polizei habe die Bilder in der Mörfelder Landstraße gefunden? Aber warum nannte er uns Bilderdiebe, und was suchte er hier?

Hövermeier sank auf sein Bettlager.

»Meine Geduld ist zu Ende«, schnarrte Brauwasser, »ich will wissen, wo die Bilder sind, und zwar jetzt.« Er fuhr herum und richtete den Blick auf Roman. »Du da! Raus mit der Sprache!«

»Aber ...«, jammerte Roman, »wieso Bilder? Wir haben doch keine Bilder ...«

Mir ging ein Licht auf: Brauwasser wusste noch nichts von dem roten Transit vor dem Präsidium und von seinem Inhalt! Aber wieso suchte er sie hier? Ich fasste mir ein Herz:

»Die Bilder haben doch Sie!«

Brauwasser sah mich mit unlesbarer Miene an; er konnte ebenso gut laut loslachen wie mir eine runterhauen. Dann spielte ein feines Grinsen um seinen Mund.

Aus dem Augenwinkel sah ich Hövermeiers rechte Hand nach einer seiner mächtigen Messkerzen tasten, die neben ihm auf dem Boden lag. Brauwasser fuhr herum zu Hövermeier.

»Du hast die Bilder, alter Mann! Du tust nur so unschuldig, aber mich legst du nicht rein!«

Hövermeier, um ein Haar ertappt, hatte die Kerze bereits umfasst. Er leckte sich die Lippen.

»Wie könnte ein alter Mann wie ich Sie reinlegen?«

Brauwasser schnaubte ein Lachen. »Nee, Alter, ihr habt es faustdick hinter den Ohren, du und deine sauberen Jungs! Ihr hattet mein Bilderversteck entdeckt und wärt dabei am Dienstag fast von uns erwischt worden. Ich dachte, ich wär besonders schlau, wenn ich die Bilder, statt sie in den Lieferwagen zu laden, einfach in den nächsten Kellerraum bringe. Den hattet ihr bestimmt schon längst durchsucht – also warum solltet ihr dort noch mal nachsehen?«

»Darum also ging das vermeintliche Verladen so schnell!«, sagte Hövermeier.

»Nicht nur das!«, fuhr Brauwasser fort. »Alf und Rico waren hinter euch her und haben nichts davon mitgekriegt. Damit war ich der Einzige, der wusste, wo die Bilder sind.«

»Verstehe! So brauchten Sie mit Ihren Kumpanen nicht mehr zu teilen.«

»Teilen? Mit diesen Witzfiguren? Das hatte ich sowieso nie vor!« Brauwassers Miene verdüsterte sich wieder. »Aber ich war wohl doch nicht so schlau, wie ich dachte. Ihr habt meine Bilder gefunden, und die will ich jetzt wiederhaben!«

Hövermeier schienen die Antworten auszugehen, und jeden Moment konnte der Gangster die Kerze in seiner Hand entdecken. Ich kam Hövermeier zu Hilfe:

»Wie sind Sie in Sachsenhausen eigentlich der Polizei entkommen?«

Brauwasser sah mich an. Hövermeiers Hand legte sich fester um die Kerze.

»Na schön, warum sollst du's nicht erfahren, Sherlock Holmes? Die Villa hat eine unterirdische Rampe. Die hatte sich – aus einem uralten Entwässerungsgraben – schon der Vorbesitzer bauen lassen, irgendein Prominenter, dem die Reporter Tag und Nacht auflauerten. Diese Rampe geht von einer geheimen Tiefgarage aus und stößt ein paar hundert Meter vom Haus entfernt an einem einsamen privaten Waldweg an die Oberfläche. Irgendwann hat ein besonders cleverer Reporter diesen geheimen Ausgang spitz gekriegt, worauf der Prominente die Villa aufgab. Für mich war diese Rampe natürlich das Tüpfelchen auf dem i. Selbst Alf und Rico hatten nicht die blasseste Ahnung. Während die Polizei die Bude auf den Kopf stellte, war ich längst auf und davon. Bahnhof und Flughafen hat die Polizei natürlich mit dem Läuserechen gefilzt, also ist der gute Bruno hübsch in Frankfurt geblieben. So schlau wie die bin ich schon lange, und ohne meine Bilder zu verschwinden, das habe ich mit Sicherheit nicht vor. Also …«

Er drehte sich wieder um und starrte Hövermeier drohend an.

»… ich gebe euch genau fünf Sekunden Zeit, die Bilder rauszurücken. Dann werde ich, sagen wir, geeignete Maßnahmen ergreifen …«

Auf Hövermeiers Stirn, über weit aufgerissenen Augen, perlte der Schweiß.

»Wir haben die Bilder nicht!«, rief ich.

»… drei, zwei …«

»Die Bilder hat doch längst …«

»… eins und …«

»… die Polizei!«

Brauwasser durchbohrte mich mit seinem Blick. »Überleg genau, was du sagst!«

»Ja, wissen Sie denn nicht, dass die Bilder in dem roten Transit lagen, der vor dem Polizeipräsidium gefunden wurde?«

Brauwasser machte ein Gesicht wie mein Vater, wenn er lauwarmen Kaffee trinken musste. »Erzähl mir keinen Unsinn, Bursche, sonst …«

»Aber das ist kein Unsinn!«, rief ich verzweifelt. Zehn lange Sekunden schwieg Brauwasser, starr wie eine Statue, und sein Blick schien wie ein Laser durch mich hindurch zu brennen. Dann traten seine Kiefermuskeln beängstigend hervor.

»Rico, dieser …«, presste er zwischen den Zähnen hindurch, »er hat also doch gemerkt, dass ich die Bilder nicht in den Lieferwagen bringe. Zur Hölle mit ihm! Ich hätte ihn schon viel früher …«

»Hände hoch!«, rief da auf einmal eine Stimme wie aus dem Nichts.

Brauwasser wirbelte herum, sein Kopf zuckte hin und her, doch er konnte genauso wenig wie wir den Besitzer dieser gepressten, seltsam piepsigen Stimme ausfindig machen. Allein Hövermeier handelte. In verblüffendem Tempo kam er auf die Füße und holte aus. Leider nicht ganz lautlos. Brauwasser wandte den Kopf, doch im selben Moment sauste die lange faustdicke Kerze auf Brauwassers Schädeldach hinunter und zersprang in zwei Teile. Der Treffer schien zuerst keine Wirkung zu haben. Zu Tode erschrocken sahen wir, wie Brauwassers Rechte zum Schlag ausholte, doch dann verdrehte er die Augen, machte einige hilflose Armbewegungen, sank auf die Knie und kippte seitlich zu Boden, wobei er zwei brennende Kerzen umstieß.

»Kommen Sie doch rein!«, rief Roman unserem unerwarteten Retter zu, »der Gauner ist k.o.!« Aber es kam niemand.

»Keine Zeit verlieren!«, rief Hövermeier. »Raus hier, ehe der Kerl wieder zu sich kommt!«

Roman und ich waren schon an der Tür, als Brauwasser ein Grunzen von sich gab. Sein linker Arm fuhr wie eine Sense über den Boden und erwischte Hövermeier am Knöchel; der alte Mann strauchelte. Wir hasteten ihm zu Hilfe, doch schon hatte sich Brauwasser auf die Knie hochgestemmt und schüttelte, halb benommen, den Kopf. Als wir die ersten Treppenstufen erreicht hatten, stand der Ganove auf den Füßen und schien sich zu erinnern, wer und wo er war. Sofort nahm er unsere Verfolgung auf. Roman und ich hatten keine Wahl – wir mussten Hövermeier loslassen. Er versuchte, sich ans Treppengeländer zu klammern, doch Brauwasser rempelte ihn zur Seite und hätte um Haaresbreite Romans Anorakkapuze erwischt. Aus dem Augenwinkel sah ich, wie Hövermeier mehrere Stufen hinunterstürzte und reglos liegen blieb, dann rasten Roman und ich die Treppe hinunter, Brauwasser uns hinterher wie der Fuchs den Karnickeln. Wo um alles in der Welt war bloß unser ungesehener Helfer geblieben? Warum war er überhaupt gekommen, wenn er vor lauter Angst gleich wieder türmte? Weiter konnte ich darüber nicht nachdenken, jetzt hieß es bloß laufen, laufen, laufen!

Als wir im Erdgeschoss den Flur entlangjagten, hatten wir einen Vorsprung herausgeholt. Da schoss mir eine Idee durch den Kopf. Warum sollte nicht noch mal klappen, was bereits einmal geklappt hatte? Im Nu hatten wir den Raum mit unserem Fenster erreicht. Ich ließ Roman vorausspringen und mühte mich fieberhaft, das Fenster von außen wieder in den Rahmen zu ziehen. Endlich fügte es sich mit leisem Knirschen meinen verzweifelten Versuchen. Ich sprang hinunter und kauerte mich neben Roman an die Wand, so wie ich vergangenen Dienstag neben Hövermeier gekauert hatte. Jetzt konnten wir nur noch beten, dass unser Verfolger die Fährte verlieren und möglichst viele Meter zwischen sich und uns bringen würde.

»Schnauf nicht so laut!«

»Selber!«, keuchte Roman und verzog das Gesicht vor Schmerz. »Verflucht noch eins, mein Fuß fühlt sich an, als würde er gleich abfallen!«

Um uns herrschte fast schon verdächtige Stille. Unser Versteck schien wunderbar sicher; einige Minuten blieben wir hocken, bis unser Atem sich beruhigt hatte. Aber zu viel Zeit durften wir uns nicht lassen.

»Wir müssen weg …«

»Wir laufen dem Kerl in die Arme!«, protestierte Roman.

»Wir müssen Hilfe für Hövermeier holen!«

Roman fluchte kurz und zustimmend. Plötzlich segelte ein angesengter Papierfetzen, dessen Ecke noch glühte, vor unserer Nase von oben ins Gebüsch und blieb zwischen den Zweigen hängen. Ich pflückte ihn und las: »Weiße Dame von A7 auf B6.« Im selben Moment ließ uns eine fauchende Explosion und das Splittern von Glas zusammenfahren. Kurz danach ging ein Regen aus Splittern und verkohlten Kleinteilen vor uns nieder.

»Verdammt!«, rief ich. »Die Kerzen! Das Campinggas! Wir müssen sofort hoch zu Hövermeier!«

»Aber – Brauwasser!«

»Der ist bestimmt schon über alle Berge!« Ich versuchte inständig, das selbst zu glauben. »Hör zu! Du holst Hilfe, und ich laufe hoch zu Hövermeier!«

Eine lange Sekunde sahen wir uns an, und jeder wusste: Jetzt gilt's! Dann stoben wir aus dem Gebüsch. Roman humpelte zum Rad, biss die Zähne zusammen und trat, was seine Beine hergaben. Ich spähte nach allen Seiten. Nachdem kein Brauwasser zu sehen war, machte ich mich daran, die Haustür mit dem Briefkasten-Trick zu öffnen. Noch einmal atmete ich tief durch und betrat den Flur. Es war still, abgesehen vom Lodern der Flammen, das unüberhörbar aus dem hinteren Treppenhaus drang. Ich fühlte mich wie eine Maus, die den Katzenkorb betritt, aber ich durfte nicht zögern. Mit schnellen Sprüngen hatte ich das letzte Stockwerk vor dem Dach erreicht. Eine fürchterliche Hitzewelle schlug mir entgegen. So muss es sich in einem Umluftherd anfühlen, dachte ich, bevor ich Hövermeier entdeckte. Er saß, offensichtlich verletzt, auf dem Treppenabsatz und versuchte mit zusammengebissenen Zähnen, weiter hinunterzukommen. Über sein knallrotes Gesicht liefen Ströme von Schweiß.

»Ich kann nicht laufen!«, keuchte er. »Hilf mir!«

Ich sprang die letzten Stufen hoch, kniete mich hin und legte seinen rechten Arm über meine Schulter, dann versuchten wir aufzustehen. Hövermeier schrie vor Schmerz auf.

»Rechts ist irgendwas gebrochen!«

Stufe um Stufe quälten wir uns hinunter; Hövermeier schien mit jedem Schritt schwerer zu werden. Der Hitzeteppich über uns wurde immer dichter und machte die Anstrengung unerträglich. In meinen Ohren dröhnte das Brüllen, mit dem die Flammen sich nach und nach in den Dachstuhl fraßen. Nach einem Dutzend Stufen hatten wir uns aber so weit eingespielt, dass wir der schlimmsten Hitze entkommen konnten und schließlich den Treppenabsatz im ersten Stock erreichten. Hier erlaubten wir uns eine kurze Pause, die ich, schweißnass, dazu nutzten wollte, endlich meinen Anorak auszuziehen. Hövermeier rang nach Luft.

Plötzlich schien ein Schraubstock meinen Arm zu packen.

»Jetzt entwischst du mir nicht mehr!« Brauwasser musste im Flur des zweiten Stocks gelauert haben. Aber jetzt hatte ich die Nase voll. Mit einem Tritt nach hinten erwischte ich sein rechtes Schienbein. Brauwasser jaulte auf, ich machte eine schnelle Drehung, und er hielt nur noch meinen Anorak in der Hand. Wieder ging es im Sturm die Treppe hinunter, wieder Brauwasser hinter mir her. Diesmal gelang es mir nicht, einen Vorsprung herauszuholen, sein keuchender Atem ging mir nicht mehr aus dem Ohr. Im Flur des Erdgeschosses wurde mir verzweifelt klar, dass ich verloren hatte: Die Eingangstür zu öffnen würde genau die Zeit kosten, die Brauwasser brauchte, um mich am Kragen zu packen.

Die Gefahr war groß, doch wieder einmal wuchs das Rettende auch. Die Tür öffnete sich, und wieder erschien ein bekanntes Gesicht. Diesmal war es GMM in Begleitung zweier uniformierter Polizisten.

Hinter mir hörte ich, wie Brauwasser die Hacken ins Linoleum stemmte und kehrt machte. GMM brauchte nicht lange, um die Lage zu kapieren.

»Den Mann festnehmen!«, rief er, und die Uniformierten sprinteten dem Flüchtenden hinterher. Von draußen kam mehrstimmiges Sirenengeheul schnell näher.

»Du scheinst überall aufzutauchen, wo es Ärger gibt, was?« GMM schüttelte den Kopf und nahm mich an der Schulter. »Wo steckt dein Kumpel Roman?«

»Ja, hat der dich denn nicht alarmiert?«

GMM stutzte kurz. »Nein, hat er nicht. Jetzt aber raus mit dir. Alles Weitere ist ein Fall für Polizei und Feuerwehr.«

Ich sträubte mich. »Hövermeier liegt noch im Treppenhaus! Er hat sich ein Bein gebrochen und kann nicht laufen!«

»Ich hole ihn!«, rief GMM, und als ich mich zuerst zum Mitkommen wandte, wiederholte er den Satz, wobei er das »ich« betonte. »Du machst dich hier dünne, sonst krieg ich Ärger mit deinem Vater, und das willst du doch nicht!«

Ich blieb stehen, stammelte bloß »Nee ... nee ...«, und kurz bevor mein Retter um die Ecke zum Treppenhaus verschwand, hörte ich ihn noch »ganz meine Meinung« murmeln.

Da stürmten zwei Feuerwehrmänner mit Schutzmasken und Sauerstoffflaschen durch die Tür. Der Erste machte sich gar nicht erst die Mühe, mir das Verlassen des Gebäudes anzuraten. Er packte mich und bugsierte mich an die frische Luft, wo zwei Löschzüge mit tanzenden Blaulichtern standen und Feuerwehrmänner im Laufschritt Vorbereitungen zum Löschen trafen. Während sie einen Schlauch entrollten, kamen drei weitere Wagen durch die Schneepfützen des Tauwetters herangeprescht: ein Krankenwagen, eine Polizeistreife – und unser alter Kombi, aus dem mein Vater und Roman stiegen. Noch bevor wir ein Wort wechseln konnten, kamen die beiden uniformierten Polizisten, die mit GMM eingetroffen waren, mit Bruno Brauwasser aus dem Gebäude. Sie führten den Gefesselten zu einem weiteren Streifenwagen, den ich erst jetzt hinter einem der Feuerwehrwagen entdeckte. Brauwasser warf mir einen Blick zu, der mich in der Erinnerung noch heute schaudern lässt.

Hinter diesem Trio kam ein Quartett heraus: GMM mit den Feuerwehrmännern, die mit ihren Armen für Hövermeier eine Sitztrage bildeten. GMM winkte die Sanitäter aus dem Krankenwagen heran, und wenige Sekunden später lag Hövermeier auf einer Trage. Trotz der Schmerzen, die er haben musste, streckte er mir schwach grinsend einen nach oben gereckten Daumen entgegen, bevor man ihn in den Krankenwagen schob.

Krankenbesuch

GMM hatte ein Geschenkpaket auf den Knien. Er, Roman und ich saßen am nächsten Vormittag auf einer Bank im Flur des Bürgerhospitals und warteten vor Hövermeiers Krankenzimmer auf das Ende der Arztvisite. Mein Vater schlurfte telefonierend am Ende des Flurs auf und ab. Er und GMM hatten Brauwasser am Vortag bis in den späten Abend hinein verhört. Roman und ich hatten im Krankenhaus angerufen. Der Arzt sagte, Hövermeiers rechter Oberschenkelhals sei gebrochen, und das Beste sei ein künstliches Hüftgelenk. Aber Hövermeier war nicht krankenversichert und konnte die Operation natürlich nicht bezahlen. Ich hatte daraufhin Gustav angerufen und ihm gesagt, es wäre mir peinlich, ihn so bald nach seinem Hilfeversprechen anzubetteln.

»Mach dir keine Sorgen«, hatte er geantwortet, »dein Hövermeier wird ein neues Hüftgelenk bekommen.«

Jetzt erklärte uns GMM, wie er am Vortag so schnell hatte auftauchen können: »Ich war mit einer Polizeistreife unterwegs, die mich bei Muckelsteins absetzen sollte. Da gab der Polizeifunk durch, ein Anwohner habe auf dem Gelände der Rui... also, der amerikanischen Hochschule einen Brand gemeldet. Natürlich habe ich die Streife sofort hinfahren lassen. Währenddessen hat Roman wohl gerade bei Muckelsteins angerufen.«

Roman nickte. »Ich hatte einen Passanten angehalten. Der Mann hat das Handy sofort rausgerückt, ich muss wirklich nach Notfall ausgesehen haben.« Mein Vater, so berichtete Roman weiter, hatte daraufhin ebenfalls eine Streife alarmiert, war in unseren Wagen gesprungen und hatte Roman am Eingang des Ruinengeländes eingesammelt. Der große Unbekannte aber, der in Hövermeiers Kemenate »Hände hoch!« gerufen hatte, blieb spurlos verschwunden.

GMMs Handy klingelte. Er stand auf und ging einige Schritte außer Hörweite. Roman sah sich nach den Toiletten um. Mein Vater kam auf unsere Bank zu und steckte sein Handy ein.

»Vati?«

»Ja?«

»Hast du manchmal Angst?«

»Natürlich.«

»Wann zum Beispiel?«

»Zum Beispiel, wenn ich dein Französisch-Arbeitsheft aufschlage.«

»Im Ernst! Hattest du Angst, als du in der Mörfelder Landstraße Alf gegenüber gestanden bist?«

Er schwieg einen Moment. »Ja.«

»Wirklich?«

»Ich hatte ganz schön die Hosen voll.«

»Warum hast du das dann nicht die Polizisten vom Überfallkommando machen lassen?«

Mein Vater bearbeitete einen Fliegendreck am Fenster mit dem Fingernagel. »Kannst du dir das nicht denken?«

»Ob ich, wenn ich groß bin, auch so mutig sein werde wie du?«

Er lächelte kaum merklich. »Wenn du einen Sohn hast und ihm beistehen musst, bestimmt.«

»Ach du dickes Ei. Besser, ich kriege keine Kinder, jedenfalls keinen Sohn, der so gefährliche Sachen macht. Oder ich verbiete es ihm einfach!«

Aus dem Lächeln wurde ein Lachen. »Großartige Idee! Dass ich nicht selbst drauf gekommen bin!«

Roman kehrte vom Klo zurück. Gleichzeitig öffnete sich die Tür des Krankenzimmers. Ein magerer Arzt mit Stethoskop kam heraus, hinter ihm eine dicke Krankenschwester mit einer Blutdruckmanschette und Schreibblock. Der Arzt nickte uns zu.

»Sie können ihn jetzt besuchen. Aber nicht zu lange, bitte.«

GMM telefonierte noch immer in einiger Entfernung. Mein Vater blickte den Flur entlang, als erwarte er jemanden. »Geht schon mal rein, wir kommen gleich nach.«

Hövermeier in schneeweißem Hemd in schneeweißem Bett war ein ungewohnter Anblick. Er war noch bleich, lächelte aber schon wieder.

»Ah, Jungs, schön, jemanden hier zu sehen, der nicht vorhat, eine Nadel in mich reinzupieksen.«

»Wie geht's dir, Hövermeier?«

»Wie soll's mir gehen? Frisch gewaschen in einem sauberen Bett, Essen und Trinken umsonst, und die neue Hüfte, sagt der Doktor, wird besser als die alte – was will ich mehr? Nur erinnere ich mich nicht an allzu viel. Was ist mit Brauwasser?«

»Schmort in einer Zelle!«

»Wo er hingehört! Gut gemacht, Jungs. Ihr müsst mir alles noch mal haarklein erzählen. Aber nicht jetzt. Jetzt wäre ein kleiner Schluck das Richtige.«

»Du meinst doch wohl nicht Schnaps?«

»Na, einen kleinen. Zur Feier des Tages.«

»Hövermeier, das ist glaube ich nicht gut.«

»Ganz meine Meinung!«

GMM steckte seinen Kopf herein und grinste. Er schloss die Tür und schüttelte Hövermeier die Hand. Dann reichte er ihm das Paket.

»Für mich?«, staunte Hövermeier ungläubig. »Wofür?«

GMM zuckte die Achseln. »Packen Sie's aus.«

Eine kurze Weile war das einzige Geräusch im Raum das Rascheln des Papiers. Hövermeier zog ein dickes Buch hervor mit dem Titel »Große Partien, Band 4: Fischer bis Karpow«. Außerdem ein Schachbrett und ein Mahagonikästchen mit ziselierter goldener Schließe. Er öffnete sie. Zwei mit grünem Filz ausgeschlagene Kammern beherbergten, säuberlich getrennt, weiße und schwarze Schachfiguren.

Hövermeiers Augen leuchteten, als er feierlich die fein verzierte weiße Dame befühlte. »Womit habe ich das verdient? Und woher wussten Sie, dass Schach meine Leidenschaft ist?«

GMM räusperte sich. »Ich war so frei, mich ein wenig über Sie zu erkundigen. Tja, und was das Verdienen angeht: Das werden Sie wohl erst noch müssen.«

»Sie sprechen in Rätseln, Herr Schwälmer.«

Diese Rätsel mussten fürs Erste ungelöst bleiben, denn es klopfte an die Tür. Ein großer Blumenstrauß mit meinen Eltern im Schlepptau kam herein, und Hövermeier musste erneut Hände schütteln.

»Guten Tag, Herr Hövermeier, ich bin die Mutter von diesem jungen Mann«, sagte meine Mutter und fuhr mir durchs Haar; dann suchte sie einen Moment nach Worten. Unschlüssig drehte sie einen ihrer Fingerringe.

»Ich möchte Ihnen danken. Ich danke Ihnen für alles, was Sie für die Jungs getan haben.«

Der abgeklärte alte Hövermeier kratzte sich verlegen den Bart. »Vielen Dank, gnädige Frau, aber ich fürchte, es wäre gar nicht so weit gekommen, wenn ich den Jungs die Flausen mit dem Detektivspielen von Anfang an ausgeredet hätte.«

»Allerdings!«, stimmte mein Vater zu, doch bevor er zu einer Predigt ansetzen konnte, zupfte meine Mutter ihn beschwichtigend am Revers. Auch ich sprang für Hövermeier in die Bresche:

»Dann wäre Brauwasser mit den Bildern jetzt über alle Berge!«

»Du scheinst mir und meinen Kollegen ja nicht viel zuzutrauen. Aber selbst das wäre besser, als dass euch was passiert wäre!«

»Und Gustav? Was wäre mit dem passiert?«

Mein Vater grunzte und gab sich geschlagen. »Na schön. Also, Hövermeier, stellen Sie Ihr Licht nicht unter den Scheffel. Sie haben Mut bewiesen, und dafür gebührt Ihnen Dank.«

»So viel Nettigkeit auf einem Haufen«, grantelte Hövermeier halb im Spaß, »bin ich nicht gewohnt, und noch weniger, dass sich so viele gleichzeitig um mich sorgen. Aber wenn Sie mir unbedingt was Gutes tun wollen – einem Gläschen wäre ich nicht abgeneigt.«

»Das kommt gar nicht in Frage. Wir haben was Besseres für Sie!«

Nach seinem Gesichtsausdruck zu schließen, hegte Hövermeier beträchtliche Zweifel daran, dass gerade jetzt etwas besser als Schnaps sein könnte. Mein Vater, GMM und meine Mutter steckten kurz die Köpfe zusammen und tauschten ein Nicken, und dann sagte meine Mutter:

»Wie wäre es mit Arbeit?«

Hövermeier drehte die Augen zur Zimmerdecke. »Liebe Güte, wollen Sie mir altem Gaul noch Kunststücke beibringen?«

»Arbeit bei freier Kost und Logis im Süden, am Meer ...«

Hövermeier ließ die Decke Decke sein. »Worin soll denn diese Arbeit bestehen?«

»Nur darin, auf ein Häuschen aufzupassen und es in Schuss zu halten. Mein Mann ... mein früherer Mann und ich würden Sie als Hausmeister anstellen. Auch GMM gibt zu Ihrem Lohn etwas dazu und wird dafür dort hin und wieder den Urlaub verbringen.

»Ganz meine Meinung. Und zu Ihren Aufgaben, Herr Hövermeier, wird dann auch gehören, mit mir die eine oder andere Partie Schach zu spielen!«

»Ja«, fuhr meine Mutter lachend fort, griff eine Vase von der Fensterbank und füllte sie mit Wasser, »wenn Sie Ihre Sache gut machen: Dort unten gibt es sicher noch einige Häuschen, die einen Betreuer suchen.«

»Dort unten?«

»Frankreich.«

»Frankreich?«

»Côte d'Azur.«

Hövermeiers Augenbrauen hoben sich.

»Meinen Sie das ernst?«

»Einzige Bedingung: Kein Schnaps mehr.«

»Ganz meine Meinung.«

»Ich wusste, dass die Sache einen Haken hat.«

»Sag ja!«, rief ich, »und wir kommen dich jeden Sommer besuchen! Mit Vatis Lenkdrachen!«

Das Schmunzeln auf dem Gesicht des Lenkdrachenbesitzers erstarb. »Wie? Moment mal! Mit meinem Lenkdrachen?!«

»Mit deinem Lenkdrachen!«, entschied meine Mutter in einem Ton, der keinen Widerspruch duldete.

»Ganz meine Meinung.«

»Halt du dich da raus, Frithjof!«

Alles grinste, nur Hövermeier machte ein unglückliches Gesicht. »In meinem Alter eine Entziehungskur? Wissen Sie, was Sie mir da zumuten?«

Bleiernes Schweigen machte sich im Krankenzimmer breit. Natürlich, dachte ich, das alles wäre auch zu schön, um wahr zu sein.

»Es wird sehr schwer für Sie, aber ohne Schweiß kein Preis, und wo ein Wille ist, ist auch ein Weg«, sagte mein Vater.

»Haben Sie noch mehr so schöne Sprichworte?«, fauchte Hövermeier. »Da kann ich auch eine Menge beisteuern!«

GMM sah schweigend zu Boden. Meine Mutter sah meinen Vater an, der die Achseln zuckte. Roman und ich tauschten einen betretenen Blick. Schließlich war es meine Mutter, die als Erste die Sprache wiederfand:

»Das ist alles ein bisschen viel auf einmal. Nehmen Sie sich Zeit, in Ruhe zu überlegen. Und zuerst warten wir die Operation ab.« Damit hakte sie sich bei meinem Vater und GMM ein, und die drei verabschiedeten sich.

»Wir kommen gleich nach«, sagte ich.

»Willst du es nicht wenigstens probieren?«, fragte Roman, als sich die Tür geschlossen hatte. »Schließlich hast du jetzt auch keine Kemenate mehr.«

Hövermeier sah zum Fenster hinaus und seufzte schwer. »Ich will bestimmt nicht undankbar sein für alles, was ihr für mich getan habt ... mein Französisch – Gott, ist das lange her. Ich kann doch kein Wort mehr.«

»Dann üben wir eben zusammen! In Franz bin ich nämlich eine Koryphäe, sagt mein Vater.«

»Du schaffst es!« Roman ballte aufmunternd die Hand zur Faust. »Du hast doch auch früher ... he! Jetzt weiß ich!« Seine Augen leuchteten. »Das mit dem ›Hände hoch‹, das warst du! Mit Bauchrednerei!«

»Teufel auch, na klar!«, rief ich.

Hövermeier lächelte schwach, ohne den Blick vom Fenster zu wenden, und wurde wieder ernst.

»Ich muss euch was erzählen. Etwas, das mir schon lange auf der Seele liegt. Es ist jetzt eine Weile her ... der kleine Mantje ...«

»Ja? Was war mit dem kleinen Mantje?«

»Ja, ich glaube, so hieß er, der Kleine, der ... der ...«

»Der abgestürzt ist?«

»Ja, ja ... es war im Sommer, wo ich selten in meine Kemenate gehe, aber an diesem Tag wollte ich hin, ich weiß selbst nicht mehr, warum ich in diesem verfluchten Sommer dorthin ging.«

»Ja, Hövermeier?«

»Ich ging durch den Flur im zweiten Stock ... und plötzlich ...«, Hövermeier ließ erneut einen großen Seufzer hören, »... und plötzlich stand dieser kleine Kerl vor mir, ganz allein. Und erschrickt zu Tode ...«

»Du hast Mantje getroffen?«

»... erschrickt zu Tode vor mir ... rennt panisch in einen der Räume ... und ... ich lief hinunter, und es war, als wären die vielen Jahre nicht gewesen. Er lag da ganz still, wie mein Kleiner damals, und ich konnte nichts mehr tun, gar nichts ...«

»Mein Gott!«, stammelte ich. Hövermeier war den Tränen nahe und schlug die Hände über dem Kopf zusammen. »Aber wie konnte er sich denn einfach aus dem Fenster stürzen? Wie konnte er sich so vor mir erschreckt haben? Sehe ich so furchtbar aus? Ich verstehe es nicht!«

Hövermeier bedeckte das Gesicht mit den Händen. Seine Worte hallten in meinem Schädel wider; ich konnte keinen klaren Gedanken fassen. Roman starrte glasig auf die Blumenvase auf Hövermeiers Nachttisch. Doch nach ewigen Sekunden des Schweigens begann er plötzlich, langsam den Kopf zu schütteln und sagte:

»Hövermeier, ich glaube, es war einfach ein Irrtum.«

Der Alte nahm die Hände vom Gesicht und sah Roman an. »Was meinst du damit?«

»Wir haben dir doch von unserem Fenster erzählt, durch das wir in die Ruine geklettert sind, bevor du uns das mit dem Briefkastenschlitz gesagt hast.«

»Hmhm ...«

»Mantje hat bestimmt die Stockwerke verwechselt. Er hatte keine so große Angst vor dir, wie du dachtest. Er wollte einfach weglaufen und dachte, er ist im Erdgeschoss, als er aus dem Fenster sprang.«

Hövermeier richtete seine roten Augen von Roman auf mich und wieder zurück.

»Natürlich!«, rief ich. »Roman hat Recht! Mantje hat sich erschreckt – okay. Er wollte wegrennen – gut. Aber er hätte sich niemals absichtlich aus einem hohen Fenster gestürzt. Es muss eine schreckliche Verwechslung gewesen sein!«

Hövermeier dachte eine Weile nach. »Vielleicht ... vielleicht habt ihr Recht, Jungs.« Eine Weile zupfte er gedankenverloren an den Blüten des Blumenstraußes. Dann ließ er sich mit einem weiteren Seufzer in die Kissen zurücksinken. »Danke, dass ihr mir das gesagt habt. Und jetzt brauche ich, glaube ich, wirklich ein bisschen Ruhe.«

»Wir besuchen dich gleich nach der Operation. Bestimmt springst du dann bald wie eine Gemse herum!«

Wir waren schon an der Tür, als eine gepresste, seltsam piepsige Stimme plötzlich fragte: »Wann üben wir Französisch?«

Unwillkürlich sahen Roman und ich uns verblüfft um, ehe

wir die Sache durchschauten. Die Krähenfüße um Hövermeiers Augen vertieften sich.

»Sobald du Lust dazu hast«, lachte ich und hatte die Hand bereits auf dem Türgriff, als der Groschen fiel. Roman und ich blickten uns an.

»Französisch? Heißt das, du wirst ...«

»Raus heißt das! Wie soll man denn gesund werden, wenn man keine Ruhe bekommt?«

Er grinste. Wir grinsten – und schlossen leise die Tür von außen.

»Gewiss, gewiss«, sagte Roman in gespielter Übertreibung und warf mir einen merkwürdigen Blick zu. »Wer Französisch spricht, kommt bei Mädchen gut an, habe ich mir sagen lassen.«

»Was soll das denn heißen?«

Roman schürzte die Lippen. »Man hört so manches ...«

Sein Fuß hatte die Bänderdehnung nach dem Sturz in Sachsenhausen und die gestrige Flucht vor Brauwasser offensichtlich hervorragend überstanden. Denn als ich Roman, zur Entrüstung sämtlicher Krankenschwestern, bis ins Erdgeschoss durch die Gänge jagte, lachte er pausenlos!